Michael Kibler

*Lilien-Kater*

Michael Kibler

# LILIEN KATER

Lilien-Krimi

societäts\verlag

Der Umwelt zuliebe nicht in Folie verpackt.

1. Auflage

Satz: Julia Desch, Societäts-Verlag
Umschlaggestaltung: Julia Desch, Societäts-Verlag
Umschlagabbildung: Master1305/Shutterstock.com;
Andrey Yurlov/Shutterstock.com;
Andres Garcia Martin/Shutterstock.com;
PHOTOCREO Michal Bednarek/Shutterstock.com;
Katze: Designed by Renata.s/Freepik
Druck und Verarbeitung: CPI books GmbH, Leck
Printed in Germany 2024
ISBN 978-3-95542-481-7

Besuchen Sie uns im Internet:
www.societaets-verlag.de

*Für die Fee der Ludwigshöhe*

# PROLOG / WARM-UP

Der Tag, an dem meine Karriere als Fußballerin beendet sein wird, ist ein Samstag. Ein sonniger Samstag. Ein Bilderbuch-Samstag. Nur eben nicht für mich.

Maja drischt den Ball nach vorn. Zwölfte Minute. Unsere Torhüterin ist einfach eine Wucht. Im wahrsten Sinne des Wortes: 1,88 Meter groß, 94 Kilogramm – und nichts davon ist Fett.

Entscheidend ist das Muskelgewebe. Und auf ihre Oberschenkel und Waden wäre mancher Ringer neidisch. Es gibt Taktiker, die sagen, dass ein Zuspiel des ersten Balles eines Torwarts – und natürlich auch einer Torwartin, wenn dieser Begriff auch eigentlich nie benutzt wird, warum eigentlich nicht? – vielleicht besser einer der Abwehrspielerinnen gelten sollte, um in Ruhe von hinten das Spiel aufzubauen.

Maja sieht das nicht so. Ein Ball, der nicht wenigstens knapp hinterm Anstoßkreis den Boden tuschiert, ist für sie eine Niederlage. Daniela, unsere Trainerin, die den 1. FFC Griegtal seit vier Jahren betreut, sieht das zwar ganz anders, aber in diesem Punkt stellt Maja auf stur. Kann sie sich leisten, denn sie ist eine Bank im Tor. Unsere Verteidigung – nun, die Qualität ist überschaubar. Lena auf links ist die Einzige, die tatsächlich so etwas wie einen Überblick über das Spielfeld hat. Und nicht nur sieht, wo der Ball ist, sondern auch, in welche Richtung er sich bewegen könnte.

Sandra, rechts, sie ist eher die Wuchtbrumme. Wenn sie mit ihren ebenfalls nicht unbeachtlichen 80 Kilo auf die Gegnerin zurennt, hat das schon eine gewisse abschreckende Wirkung. Aber letztlich ist es eben immer Maja, die es retten muss. Man sieht es ihr nicht an, aber sie ist unglaublich flink und schnell. Und hält unser Tor sauber.

Mary, die ist auch eine der richtig Guten. Eigentlich die Beste von uns. Sie spielt immer wieder den Sechser, also zentral vor der Abwehr. Zunächst ist sie fixer als Maja. Wenn Maja schießt, rennt Mary schon los. Meistens ist auch meine Stürmer-Kollegin Fritzi dann schon vor dem Sechzehner.

Diesmal hat Maja ein wenig zu kurz geschossen. Mary muss wieder zwei Meter zurück. Die Schussbahn zu Fritzi, die jeder nur Granate nennt, wegen des Drucks hinter ihrem Schuss, ist durch drei Abwehrspielerinnen von Löwenstein versperrt. Vor Fritzi haben sie alle Respekt, deutlich mehr als vor mir. Mary spielt mich an, ich stehe völlig frei. Muss nur einen Meter nach vorne sprinten, dann habe ich den Ball vor den Füßen. Und ich renne los, dribble das Leder mit zarten Berührungen immer unmittelbar an meinem Körper in Richtung Tor. Die Löwensteinerinnen waren sich sicher, dass Mary die Granate anspielen würde. Und so dauert es ein paar Millisekunden, bis eine der Abwehrspielerinnen sich auf den Weg macht, in meine Richtung. Svenja. Ausgerechnet Svenja. Als sie zwei Meter vor mir abspringt, weiß ich genau, was jetzt passieren wird.

Sie zielt nicht auf den Ball. Der ist ihr egal. Sie zielt auf das, was den Ball unweigerlich ins Tor der Löwensteinerinnen befördert hätte: auf meinen rechten Fuß. Und sie trifft das Ziel perfekt.

Wir haben alle unsere eigenen Schuhe. Unser Sponsor, Heizungsbauer Therm, stiftet nur die T-Shirts mit seinem Namen drauf. Ich habe mich immer dafür entschieden, leichtere Schuhe zu tragen. Polyester statt Leder über dem Fuß. Toll, wenn man Tore schießen will. Schlecht, wenn der Dampfhammer der Gegenseite auf einen zurennt, springt und sich dann genüsslich auf dem eigenen Vorderfuß niederlässt.

Das Knacken meiner Knochen ist nicht laut. Für die anderen. Für mich ist es so laut wie die Eruption eines Vulkans, was vielleicht auch daran liegt, dass der Vesuv am unteren Ende meiner rechten Extremität alle Schmerzsignale gleichzeitig und blitzschnell zum Gehirn sendet. Die Stollen ihrer Schuhe zertrümmern das Kahnbein, drei Mittelfußknochen, den großen Zeh, den Zeige-Zeh und den mittleren Zeh, der keinen eigenen Namen hat. Stinkefinger-Zeh würde ich ihn gerne nennen, doch ich kann ihn nicht mehr bewegen.

Die Sanitäter kommen angesprintet, sie tragen mich vom Feld, ich weine vor Schmerzen. Eis, eine Gnadenspritze in die Vene – nach zwei Minuten weine ich nicht mehr vor Schmerz, sondern vor Wut. Kein Platzverweis, keine rote Karte, keine gelbe Karte, simpler Freistoß – Svenja spielt einfach munter weiter.

Irgendwann schwindet mein Bewusstsein. Im Krankenhaus haben sie mir gesagt, dass wir das Spiel sieben zu null gewonnen haben. Ein Tor für jeden Zeh, den ich noch bewegen kann. Auch kein schlechtes Ergebnis.

# ANPFIFF / MONTAG

So ganz nüchtern waren sie beide nicht mehr. Weder Richard Fenske noch Paul Wagner. Was die beiden Kempen verband, war ihre Liebe zu ihrem Verein: dem SV Darmstadt 98, den Lilien. Die Sonne brutzelte gnadenlos nieder an jenem 29. Mai, auf Deutschland, auf Hessen, auf Darmstadt, auf den Karolinenplatz. Der eigentlich seit dem Morgen nur noch Karo-Lilien-Platz hieß – zumindest für den Rest des Tages. Denn am heutigen Tage fand sie statt, die Aufstiegsfeier. In der kommenden Saison würden sie wieder in der Ersten Bundesliga spielen, unsere Jungs in Blau-Weiß!

Die beiden Freunde waren um elf Uhr auf dem Platz angekommen. Mit ein bisschen Schubsen und Drängeln hatten sie sich in die zweite Reihe vor der Absperrung vorgekämpft. Jenseits der Absperrung die Merck-Bühne. Die Bühne, auf der vier Tage zuvor zahlreiche Bands gespielt hatten – während des Schlossgrabenfestes in Darmstadt. Man hatte die Bühne bewusst stehen lassen, denn die Lilien hatten es abermals geschafft, in die Erste Bundesliga aufzusteigen. Und nun würden sie alle auf dieser Bühne auftreten. Die Mannschaft, der Trainer, das Trainer-Team, einfach alle.

Richard Fenske war jener von beiden, der mehr Spiele live gesehen hatte. Aber Paul Wagner war der, der die gesamte Lilien-Historie in seinem Kopf gespeichert hatte. Er war das lebende Archiv des Vereins.

Fenske hatte sich besser auf diesen Tag vorbereitet: Er trug ein Lilien-Käppi auf dem Kopf, völlig ausgebleicht, das Blau war eher grau – aber es erfüllte seinen Zweck: Es war ein Schattenspender zwischen Sonne und Gehirn. Wagner hatte versucht, den Körper von innen zu kühlen. Das Bier erfüllte ebenfalls seinen Zweck und kühlte, aber die Nebenwirkungen waren nicht zu verachten. Dafür wahrte Paul Wagner den Stil: Nein, er würde sich niemals so einen lächerlichen Bauchgurt umhängen, wie es sein Freund Richard tat. Okay, das Teil war zumindest in Blau-Weiß gehalten, immerhin besser als in Rosa oder Neongrün. Trotzdem fand Wagner, dass das einfach nur schräg war. Er selbst ging volles Risiko: das Portemonnaie in der Po-Tasche. Nichts Wichtiges drin. Keine Papiere, nur 100 Euro. Die inzwischen auch deutlich dezimiert waren, nach der notwendigen und dauerhaften Innen-Kühlung des Körpers.

Um halb zwölf wollte Paul Wagner seinen Augen nicht trauen. Rechts neben ihm stand Fenske, und rechts von seinem Freund stand – Marco ›Toni‹ Sailer! 2013 war Sailer als Stürmer zu den Lilien gestoßen, er war beim Aufstieg des Vereins in die Zweite Liga dabei gewesen, dann beim Aufstieg in die Erste und dann beim Klassenerhalt. Zuerst hatte er ihn tatsächlich an seinem Bart erkannt. Der war nicht mehr ganz so lang wie zu seinen aktiven Zeiten. Er trug auch keine Glatze mehr.

Sailer unterhielt sich mit einem Freund. Wagner überlegte, ob er ihn ansprechen sollte. Das überlegten wohl auch die anderen Umstehenden, die ihn sofort erkannt hatten. Eine dralle Dame war nicht so schüchtern wie Wagner, Sailer wechselte ein paar freundliche Worte mit ihr. Paul Wagner ging um seinen Freund herum, hob einfach nur seinen Bierbecher in die Richtung seines Idols, Marco Sailer hob den seinen – und so prosteten sie sich wortlos zu, nahmen einen Schluck. Dann sagte der Stürmer: »Sorry, ich muss hinter die Bühne«, und verschwand.

Er, Paul Wagner, hatte mit Toni Sailer angestoßen! Das gab es doch nicht! Davon würde er noch seinen Kindern erzählen. Wenn er denn jemals welche hätte.

Wenig später betrat Alberto Colucci die Bühne. Jener italienische Barde, der 1974 nach Deutschland gekommen war und mit seiner Hymne »Die Sonne scheint …« genau den Lilien-Kracher geschrieben hatte, der bei jedem Spiel und auch bei jeder Gelegenheit sonst zum Besten gegeben wurde. So auch jetzt: »Die Sonne scheint, die Menge tobt …«, stimmte der Sänger an, und Wagner und Fenske wippten auf und ab, als sie die folgende Zeile mitsangen: »… und wartet auf ein Lilien-Tor …« Und der ganze Platz grölte: »… olé, olé, ola!!«

Der Präsident Rüdiger Fritsch sprach noch ein paar Worte ins Mikro, dann kam sie endlich, die Mannschaft. Auf dem Platz kein Halten mehr.

2015 hatte Tobias Kempe sie in die Erste Liga geschossen. Auch damals hatte es eine riesige Aufstiegsfeier gegeben. Paul Wagner war natürlich ebenfalls dort gewesen, wenn auch ohne Richard Fenske. Dann die Saison 2015/16. Kein einziges Mal den Relegationsplatz tuschiert. Ganz im Gegensatz zur Eintracht, wie Wagner sehr oft gedacht hatte. Okay, 2017 ging's dann wieder eine Stufe abwärts. Was aber den Vorteil hatte, dass man jetzt wieder eine bombastische Aufstiegsparty zelebrieren konnte.

Die Spieler hopsten auf der Bühne zu Coluccis Lied, sie sprühten das Bier ins Publikum.

»Fuck«, brüllte Fenske, als ihn das Bier erreichte.

Torsten Lieberknecht, Trainer der Herzen, versuchte sich in Sangeskunst. Sein »Schalalalala« suchte nach der richtigen Tonart, vermochte sie aber auch nach Sekunden nicht zu finden.

»Scheiße«, grummelte Richard Fenske. Klar, er war mit dem absoluten Gehör gesegnet, ihm tat das doppelt weh.

»Ey, der Mann wird dafür bezahlt, dass er die Mannschaft trainiert, nicht dafür, dass er gut singt«, sagte Paul Wagner.

»Hast ja recht«, räumte Fenske ein und hopste wieder zur Musik, ungeachtet des Tonartensalats.

Kempe brüllte ins Publikum: »Ich wünsche euch, dass sich jeder 'ne Lilie tätowiert!«

»Mach ich, mach ich bestimmt!«, grölte Richard Fenske zurück.

Im Rückblick erkannte Paul Wagner später, dass er sich nicht mehr an jeden Moment dieses Mittags erinnern konnte. Vielleicht war die Sonne daran schuld gewesen, vielleicht die exzessive Kühlung von innen. Die Erinnerungen waren schemenhaft: »Come on you boys in blue«, das sangen sie alle, dann rutschte Fabian Holland auf dem Bauch über den Boden, was nur funktionierte, weil selbiger spiegelglatt war vor lauter Bier.

Dimo Wache, der Torwarttrainer, sprach ins Mikrofon: »Eins kann ich euch sagen: Ich bin der einzige normale Mensch dieser Reisegruppe, das kann ich euch sagen…« Noch eine Bierdusche.

Die Band Maladd in de tête stimmte noch ein Lied an: »Oh SVD, allez les Bleus…«

Alle runter auf die Knie, dann wieder springen und hopsen. Paul Wagner wippte nur sehr verhalten. Nach einer Knie-OP als Jugendlicher konnte er zwar wieder laufen, aber immer wieder humpelte er. Und Kniebeugen waren für ihn seitdem tabu. Im Gegensatz zu Richard Fenske, der nun wie ein Tütenkasper auf Speed auf und ab sprang.

Der Song war zu Ende. Ein paar tiefe Atemzüge waren ihnen allen vergönnt, dann betrat das Blasorchester des Staatstheaters die Bühne. Hoffentlich rutschen die auf dem bierseifigen Boden nicht aus, dachte Wagner. Taten sie nicht. Profis eben. Sie spielten eine Fanfare. Tatsächlich erkannte Paul Wagner das Musikstück. Seine Exfreundin Nikola Reibert hatte ihn einmal ins Theater geschleppt, beseelt von dem Wunsch, ihrem Freund vielleicht doch die klassische Musik etwas näherzubringen. Und dann auch noch Ballett ... »La Peri« hatte das Stück geheißen, von einem Franzosen namens Paul Dukas. Hatte er sich auch nur merken können, weil der Knabe den gleichen Vornamen hatte wie er.

Nach der Fanfare folgte auf der Partybühne der Triumphmarsch aus Verdis Oper »Aida«. Passender.

Richard Fenske wippte mit. Wenn auch nicht mehr ganz so schwungvoll und euphorisch wie bei den vorigen musikalischen Darbietungen.

Aber etwas wippte nicht: seine Bauchtasche. Im Gegensatz zu seinem kleinen Bäuchlein, das sich in den vergangenen Jahren etabliert hatte.

»Richard?«

»Tatatata-tata«, grölte Fenske mit.

»Richard? Hallo?«

»Tatatatata ...«

»Richard?«, grölte nun auch Paul Wagner.

»Hey, geht's noch?«

»Deine Bauchtasche – ist da noch alles drin?«

Die Bläser schmetterten immer noch Aidas Triumphmarsch, als Fenske Hand an die Tasche legte.

»Fuck!«, schrie er nun in die Menge. Er konnte Aida damit nicht übertönen, aber zumindest die Aufmerksamkeit aller im Umkreis von drei Metern auf sich ziehen.

Er nestelte an seinem Lederetui. »Alles weg!«

Paul Wagner war kein Polizist, kein Kommissar. Er war nur Privatdetektiv. Aber dass eine Bauchtasche, die vor einer halben Stunde, als er sie zum letzten Mal bewusst wahrgenommen hatte, noch eine gewisse Trägheit in ihren Bewegungen aufgewiesen hatte, geschuldet dem Inhalt, der wohl sicher ein halbes Kilo gewogen hatte, diese Trägheit nun nicht mehr aufwies – das bedeutete unweigerlich, dass sich der Inhalt, der zu dieser Trägheit beigetragen hatte, nicht mehr innerhalb der Bauchtasche befand. Manchmal konnte Wagner nur in langen Sätzen mit vielen Kommas denken.

»Wo sind meine Sachen?«, brachte es Richard Fenske folgerichtig auf den Punkt.

Die Bläser beendeten ihren Versuch, den Massen klassische Musik näherzubringen – wer zur Hölle war auf diese bescheuerte Idee gekommen? –, und die Mannschaft grölte noch ein bierschweres Schalalalala in den Mittag.

Paul Wagner war plötzlich wieder gänzlich nüchtern. Sein Freund war ganz offensichtlich beklaut worden.

»Guck mal«, lallte der Freund. »Da, da unten ist ein Schlitz.«

Wagner überlegte nur kurz, welche Variante die zielführende war: Fenske zu bitten, die Bauchtasche abzunehmen und ihm zu übergeben. Oder einfach nur kurz in die Hocke zu gehen, um den Bauchgurt von unten betrachten zu können. Letztere Variante mochte die Umstehenden zu Fehlschlüssen verleiten, aber sie war bedeutend effizienter.

Wagner kniete sich vor Fenske, kam dem Reißverschluss des Hosenschlitzes näher, als er wollte, aber er sah, was er sehen wollte: Irgendjemand hatte hier mit einem scharfen Messer einen Spalt in den unteren Teil der Bauchtasche geschlitzt. Und damit den Inhalt wohl in die eigene Hand fallen lassen. Profis eben.

»Fuck, ist alles weg?«

Richard Fenskes Stimme von oben. Aber, genau genommen hatte Paul Wagner dem nichts hinzuzufügen.

Schalalalala …

## ERSTE HALBZEIT / ... IMMER NOCH MONTAG

»So, jetzt sagen Sie uns mal ganz genau, was Ihnen gestohlen worden ist.« Polizeikommissar Schäfer gab sich neutral. Seine Hände ruhten auf der Tastatur, sein Blick auf Richard Fenske.

»Naja, ist alles weg.«

»Was ist weg?«

Wagner hatte deutlich mehr Bier getrunken als Fenske, aber offensichtlich schien bei dem das wenigere mehr Wirkung zu zeigen, weswegen Fenske stumm blieb. »Also das, was in seiner Bauchtasche war«, versuchte Paul Wagner zu konkretisieren.

»Herr Wagner, ich spreche gerade mit Ihrem Freund Fenske. Wenn Sie sich bitte zurückhalten könnten?«

Natürlich konnte Wagner sich zurückhalten. Er war sich nur nicht sicher, ob Fenske in der Lage war, die nötigen Informationen knapp und sachlich wiederzugeben.

»All's. Also all's is weg.«

Paul Wagner zweifelte zunehmend daran ...

»Was alles?«

»All's all's.«

»Alles was?«

Wagner verdrehte die Augen. Nichts, was diese Befragung in irgendeiner Weise weitergebracht hätte.

»Portemonnaie. Ist weg. Waren 500 Euro drin. Also genau genommen 520. 20 hatte ich noch. War aber zu wenig. Dachte, es wäre gut, doch ein bisschen Bargeld dabeizuhaben. Also hatte ich vorher noch Geld abgehoben. 500 eben. Ganz schön blöd, nicht wahr?« Richard Fenske grinste den Polizisten an.

Dessen Miene veränderte sich nicht.

»Handy is auch weg. iPhone 14 Pro Max.«

»Das war teuer.«

Fenske zuckte nur mit den Schultern.

»Und sonst noch?«

»Taschentücher!«

Und ja, der Verlust von Taschentüchern konnte schwer wiegen ... Wagner hätte Fenske so gern zur Seite gestanden ... Aber Schäfer würde das wohl nicht dulden.

»Also, das waren zwei Packungen.«

»Zwei Packungen von was?«

»Taschentücher. Sagte ich doch.«

»Papiertaschentücher?«

»... Also, mein Opa, der hatte mal so ein Stofftaschentuch. Hat er immer bei sich getragen. Also, immer ein frisches. Die gab's aber nicht in Packungen. Hatte er immer nur eines von.«

»Also Papiertaschentücher?«, wiederholte der Polizist.

»Ja, klar. Tempo. Mit so ein paar Aufdrucken, von Rosen. Muss irgendeine Sonderausgabe gewesen sein.«

Schäfer notierte die Details eifrig.

»Noch irgendetwas?«

»Ja. Mein Reisepass.«

Schäfer räusperte sich. »Sie haben Ihren Reisepass mit auf das Schlossgrabenfest genommen?«

»Ja, klar.«

Auch Paul Wagner war überhaupt nicht klar, wieso Richard Fenske seinen Reisepass aufs Fest mitgenommen haben sollte. »Richard, du hattest deinen Reisepass dabei?«

Schäfer schaute Paul Wagner missbilligend an. Doch bevor irgendein Disput über Wagners Einmischung entflammen konnte, sprach Fenske wieder: »Ja. Klar. Mein Reisepass. Man muss sich doch ausweisen können.«

»Und was spricht gegen einen Personalausweis? Klein, schmal, handlich?«

»Gar nichts spricht gegen einen Personalausweis. Man muss nur einen haben. Und, ob Sie es glauben oder nich, meiner ist mir vor einer Woche geklaut worden. Jemand hat mir das Portemonnaie gestohlen, und einen Tag später fand ich es wieder in meinem Briefkasten. Natürlich ohne Bargeld – und eben ohne Personalausweis. Und schon mein Vater hat mir beigebracht, dass man sich immer ausweisen können muss.«

»Was hat Ihr Vater gesagt?«, fragte Schäfer wieder.

»Dass ein Mann sich immer ausweisen können muss. Perso, Reisepass – egal ...«

»Und Ihr Perso ist gestohlen worden?«

»Ja. Habe ich ja gerade gesagt. Aber der Reisepass, der war noch gültig. Noch zwei Jahre! Kann ich mich immer mit ausweisen.«

Jetzt nicht mehr, dachte Paul Wagner.

»Sonst noch irgendetwas in dem Bauchgurt, dessen Sie beraubt worden sind?«

Richard Fenske hielt inne. Dann sah Wagner etwas, was er in Fenskes Gesicht niemals gesehen hatte: eine Träne.

Sie folgte dem Gesetz der Schwerkraft, quälte sich über seine Wange nach unten, aber sofort gefolgt von den Verfolgern. Träne zwei, drei und vier.

»Die Lilie.«

»Die Lilie?« Kommissar Schäfer schien nicht zu verstehen. Hatte er mit Paul Wagner gemeinsam.

»Ja, die Lilie. Also, die aus Silber. Ein Anstecker. Mehr als 100 Jahre alt.«

»Verstehe ich das richtig? Aus Ihrem Bauchgurt wurde ein Portemonnaie entwendet, mit 520 Euro Bargeld. Zudem zwei Packungen Papiertaschentücher. Ebenfalls Ihr Reisepass. Und dann noch ein silberner Lilien-Anstecker? eBay?«, wollte Schäfer wissen.

Doch Wagner hatte allein durch die Tonlage, in der Fenske sprach, erkannt, dass da viel mehr dahintersteckte.

Richard Fenske schnaubte wie ein Rennpferd, das keinen Bock mehr hatte auf seinen Job: »eBay? Haben Sie sie noch alle?«

Eine rhetorische Frage, und Wagner hoffte, dass sie Kommissar Schäfer einfach ignorieren würde. Der tat ihm den Gefallen: »Also nicht eBay?«

»Ja. Habe ich von meinem Opa. Der war mal Chef der Lilien, Und diese Lilie, die bedeutet mir alles. War mein Geschenk für meine Verlobte. Also, um sie endlich zu einer Heirat zu bewegen. Seit vier Jahren sind wir schon verlobt. Aber immer wieder drückt sie sich, wenn wir das Datum für eine Hochzeit festlegen wollen.«

»Aber Ihre Verlobte war nicht mit auf der Feier?«

»Nee. Schnupfen. Also so richtig. Mitten im Sommer. Fand ich echt … Aber ich musste auf die Feier.«

»Wie viel ist die Lilie denn wert?«, wollte Schäfer wissen.

Das war der Moment, in dem Richard Fenske jegliche Wirkung des Alkohols von sich abzuschütteln vermochte: »Nicht viel. Vielleicht 50 Euro. Aber wir reden hier nur vom materiellen Wert. Diese Lilie – sie hätte mein Leben bestimmen können. Durch sie hätte ich Laura endgültig gewinnen können.«

»Und warum hattest du die dabei? Auf der Aufstiegsfeier?«

»Na, ich wollte Laura nachher noch treffen.«

»Und ihr einen Antrag machen?«

Fenske zuckte nur mit den Schultern.

In diesem Zustand und mit der Fahne – Wagner dachte, dass das vielleicht eine nicht ganz zielführende Strategie gewesen war. War jetzt ohnehin egal, die Lilie war gepflückt worden.

»Noch etwas in der Brusttasche?«, meldete sich Schäfer wieder zu Wort.

Wagner sah, dass Richard Fenske rot wurde. »Sie müssen alles wissen?«

»Aber natürlich. Denn wir wollen das Diebesgut natürlich sofort identifizieren können.«

Fenske schluckte. »Vier Kondome. Ritex XXL, nein, Durex XXL.«

XXL? Paul Wagner bemühte sich augenblicklich, das Kopfkino abzuschalten…

# DIENSTAG

Paul Wagners Büro lag unmittelbar über jenem des Geschäftsführers Matthias Wantrupp. Der hatte drei Jahre zuvor die Geschäftsführung des renommierten Hauses »Wantrupp & Wantrupp« übernommen, einer ehrwürdigen und soliden Rechtsanwaltskanzlei. Die Rechtsanwälte residierten in Stock drei und vier, die detektivische Abteilung im Stockwerk fünf. Seit vier Jahren hatte Wagner die Leitung dieser Abteilung inne.

Das Büro war hell: Zwei große Fenster hießen das Tageslicht willkommen. Gleichzeitig sorgte eine Klimaanlage dafür, dass die Temperaturen im angenehmen Bereich blieben. Paul Wagner liebte sein Büro. Er hatte es bewusst spartanisch eingerichtet. Hohen Buchregalen, Schränken oder anderen massiven Möbelstücken hatte er von vornherein den Zutritt verwehrt. Da er fast alle Schritte seiner Arbeit am Rechner vollzog, waren Papierberge, im Regal verstaut, nicht vonnöten.

Stattdessen hatte er die freien Wände um zahlreiche Fotografien bereichert. Unmittelbar hinter seinem Schreibtisch hing ein Foto an der Wand, das er sich vom Fotografen selbst auf DIN A1 hatte ziehen lassen. Es zeigte die beiden Spieler Elton da Costa und Aytaç Sulu in orangefarbenen Trikots. Auf dem Rasen lagen zwei Spieler in blauen Trikots. Das Bild war am 19. Mai 2014 aufgenommen worden – das Spiel war allen Lilien-Fans unter dem Namen »Das Wunder von Bielefeld« geläufig: der Aufstieg der Lilien in die Zweite Bundesliga, nach einem gedrehten Rückspiel in der Relegation. In der zweiten Minute der Nachspielzeit traf da Costa zum 4:2. Drei Tage zuvor hatten die Lilien im eigenen Stadion 1:3 gegen Bielefeld verloren. Es herrschte »Lilien-Kater«, wie Richard Fenske es damals so treffend auf den Punkt gebracht hatte.

Aus dem Jahr 2015 stammte darüber hinaus ein Bild: Tobias Kempe steht vor einem ruhenden Ball. 71. Minute im Spiel gegen Sankt Pauli am 24. Mai. Die Sekunde, bevor Kempe den Strafstoß durchzieht und den Ball im Netz versenkt. Aufstieg in die Erste Liga!

An einer weiteren Wand hatte Wagner ebenso Fotografien aufgehängt, allerdings in deutlich kleinerem Format. Hier tauschte er Aufnahmen auch immer mal wieder aus.

Natürlich hingen auch einige Bilder zur Firmengeschichte von Wantrupp & Wantrupp an der Wand. Diese reichte weit zurück: Die Kanzlei war von Sigismund Wantrupp gegründet worden, im April 1900, drei Monate nach der Gründung des Deutschen Fußballbundes. Bereits zwei Jahre später tauchte auch Sigismund Wantrupps Bruder Richard in der Firmenbezeichnung auf: Er leitete die Detektiv-Abteilung des Unternehmens, die sich von Anfang an als sehr nützlich erwiesen hatte. Oftmals waren die Mandanten der Kanzlei ein wenig lichtscheu, was die Öffentlichkeit anging, und ihre Fälle waren heikel, so heikel, dass niemand Interesse daran hatte, die Polizei einzuschalten. Immer öfter kamen die Mandanten aus dem Bereich des Profi-Fußballs. Mit den Jahren entwickelte sich Wantrupp & Wantrupp zur grauen juristischen Eminenz, wenn es galt, im nationalen und auch im internationalen Fußball Probleme diskret zu lösen. Im Hintergrund.

In vielen spektakulären Fällen hatten Wantrupp & Wantrupp hinter den Kulissen die Fäden gezogen, Fälle, die bis heute als ungelöst galten. Etwa die Geschichte vom gestohlenen ›Coupe Jules Rimet‹, dem Weltmeisterpokal, der kurz vor der WM 1966 gestohlen worden war. Eine Woche später war er wieder aufgetaucht. Im Londoner Süden fand ihn ein Hund namens Pickles im Gebüsch. Alle Nachrichtensendungen des Abends vom 27. März 1966 zeigten, in dieser Reihenfolge, zuerst den Pokal, dann den Hund, dann seinen Besitzer. Was niemand wusste, war, dass Wantrupp & Wantrupp den Coup eingefädelt hatte. Und dafür gesorgt hatte, dass der Pokal rechtzeitig zurückgekehrt war. Dafür war Ferdinand Wantrupp verantwortlich gewesen, dessen Neffe eben jetzt die Kanzlei leitete.

Ursprünglich sollte Ferdinands Sohn Michael die Kanzlei übernehmen – aber der war intellektuell dazu nicht in der Lage, wie Papa Ferdinand nach einigen schmerzlichen Erlebnissen ebenfalls hatte zugeben müssen. Der Neffe Matthias, eben jetzt Paul Wagners Chef, war diesbezüglich deutlich besser qualifiziert: juristisches Examen mit Auszeichnung. Und einfach ein wenig Kultur, Auftreten – und er hielt Knigge auch nicht für Falten in Papierseiten …

Wagner war mit seinem Job sehr zufrieden. Das Einzige, was ihn an diesem Tag ein klein wenig störte, war der unterschwellige, aber permanente Kopfschmerz, der sich auch gegenüber drei Aspirin noch erfolgreich als Sieger behauptete.

Telefonate führte Paul Wagner nicht mehr über Telefonapparate, sondern per Headset via Computer. Dennoch gab es eine klassische Gegensprechanlage, mit der Wagner jedoch ausschließlich mit der Geschäftsleitung kommunizierte – und diese mit ihm. Wenn an diesem Apparat das rote Lämpchen leuchtete, ließ man alles andere stehen und liegen.

Und jetzt glühte es. Gleichzeitig ertönte ein dezentes Brummen im Raum: Die Gegensprechanlage läutete nicht wie ein Telefon, sondern gebärdete sich eher wie ein vibrierendes Handy. Auch in diesem Bereich musste man schließlich mit der Zeit gehen.

»Matthias, was kann ich für dich tun?«

»Paul, vor mir auf dem Stuhl sitzt Richard Fenske.«

Paul Wagner war nicht ganz klar, weshalb Matthias sich bei ihm meldete, wenn Fenske auf dem Stuhl vor seinem Schreibtisch saß. Denn Richard Fenske war seit Jahren Klient von Wantrupp & Wantrupp. Also eher von Wantrupp, der Rechtsabteilung. Privat waren Richard Fenske und Paul Wagner dicke Freunde, aber geschäftlich hatten sie bislang überhaupt nichts miteinander zu tun gehabt. »Okay, Richard ist bei dir. Was heißt das für mich?«

»Das heißt, dass du jetzt einfach zu uns runterkommst.«

Wagner antwortete nicht darauf. Er drückte die »Gesprächbeenden«-Taste, erhob sich und verließ sein Büro.

Der fünfstöckige Gründerzeitbau, in dem Wantrupp & Wantrupp residierten, war 1908 errichtet worden und lag im Frankfurter Stadtteil Bornheim. Die drei Stockwerke des Unternehmens waren über ein internes Treppenhaus miteinander verbunden. Mitarbeiter, die von einer Etage in die andere wollten, mussten somit nicht das allgemeine Stiegenhaus benutzen. So hielt es auch Wagner: Die Treppe nach unten lag keine fünf Meter von seinem Büro entfernt.

Als er Matthias Wantrupps Büro betrat, war Paul Wagner doch ein wenig erschrocken. Fenske saß nicht auf dem Besucherstuhl, er hing darin. Und Wagner dachte sofort daran, ob er selbst wohl auch so fertig aussähe. »Moinsen«, warf Wagner in die Runde, ein Gruß, den er Kommissar Thiel alias Axel Prahl aus dem Münsterer Tatort abgeschaut hatte.

Fenske hob nur den rechten Arm zum Gruß, machte nicht einmal den Versuch, aufstehen zu wollen. Immerhin sah er ihn an.

Matthias deutete nur eine Geste in Richtung des zweiten Besucherstuhls an. »Herr Fenske hat gerade noch ein paar

Dinge mit Verträgen bei uns klären wollen. Haben wir erledigt. Aber er hat auch einen Auftrag für uns. Also, eher einen Auftrag für dich. Denn dieser Auftrag fällt definitiv nicht in die Kategorie ›juristisches Problem‹.«

Was sein Freund Richard Fenske den lieben langen Tag so 100- prozentig genau trieb, das wusste Paul Wagner eigentlich gar nicht. Ihm war bekannt, dass Fenske auf jeden Fall ständig mit viel Geld jonglierte und das mit dem Understatement ›Anlageberatung‹ versah. Er investierte hier, er investierte da, er investierte im Auftrag von anderen Leuten. Und alles, was irgendwelche Verträge anging, darum kümmerte sich der erste Teil von Wantrupp & Wantrupp: die Rechtsanwälte. Das war auch der Grund, weshalb Richard Fenske eher in Stockwerk drei und vier agierte und mit Paul Wagners Abteilung, der Detektei, wenig zu tun hatte.

Mit einer weiteren Handbewegung von Richard Fenske zu Paul Wagner klinkte Matthias Wantrupp sich aus dem folgenden Dialog aus.

»Richard, wir waren doch gestern zusammen bei der Polizei. Was können wir hier jetzt für dich tun?«

Jetzt richtete Richard Fenske seinen Blick direkt auf Wagner. »Ja, du hast mich gestern zur Polizei begleitet. Zu dieser Farce. Ich hab denen sogar gesagt, dass in meinem Bauchbeutel Kondome waren. Danach werden die Jungs in Blau – also ich meine die Polizisten, nicht unsere Fußballer – jetzt mit Nachdruck suchen. Und sie werden sie in jeder Drogerie finden. Unbenutzt und original verpackt. Mein Portemonnaie und ganz besonders dessen Inhalt werden sie gewiss nicht finden. Vielleicht noch meinen Reisepass, mit viel Glück, wenn ihn der Taschendieb bewusst auf die Stufen vom langen Ludwig auf dem Luisenplatz legt. Aber, Paul, das ist mir alles scheißegal.«

Fenske macht eine Pause, und Wagner füllte sie mit der rhetorischen Gegenfrage: »Und was ist nicht scheißegal?«

»Ich will die Lilie zurück. Hätte mir dieser Idiot, der mir den Bauchbeutel aufgeschlitzt hat, die Knarre an die Brust gehalten, ich hätte ihm die 500 Euro einfach in die Hand gedrückt. Aber die Lilie? Die will ich zurück! Nicht nur, damit ich sie Laura schenken kann. Sondern weil sie ein Teil meiner Familie ist. Meine Familiengeschichte. Ich. Will. Sie. Zurück! Koste es, was es wolle.«

»Koste es, was es wolle«, das war ein Satz, den Paul Wagner sehr gern hörte. Der Satz implizierte die beste aller Rahmenbedingungen für eine Recherche. Man machte, was notwendig war. Und musste nicht vorher eine halbe Stunde bei unbezahltem Stundensatz diskutieren, was man zu tun gedachte. Wagner schaltete automatisch im Innern auf den Business-Modus. Er erinnerte sich an das Gespräch bei der Polizei vom Vortag. Der Materialwert der Lilie lag bei vielleicht 50 Euro.

»Klar – wir finden sie«, sagte Wagner. Der Satz war ähnlich bescheuert wie jener, den Polizisten in Fernsehkrimis immer wieder von sich gaben: »Ja, ich verspreche Ihnen, wir finden den Mörder Ihres Mannes.«

Paul Wagner konnte das natürlich nicht garantieren. Aber in Korrelation mit dem Satz, den Fenske von sich gegeben hatte – »koste es, was es wolle« –, standen die Chancen nicht schlecht.

Matthias Wantrupp schaltete sich wieder ein: »Herr Fenske, dann sind wir hier eigentlich durch, oder? Vielleicht besprechen Sie alles Weitere direkt mit Herrn Wagner. Er ist hier der kompetenteste Mann im Hause.«

Richard Fenske nickte nur.

Und Wagner sagte: »Kommst du mit in mein Büro, dann können wir alles besprechen.«

»Du möchtest also, dass wir deine Lilie wiederfinden?«

»Ja. Unbedingt. Ich möchte sie Laura schenken. Aber ich möchte sie auch zurück in unserer Familie wissen. Die Vorstellung, dass die irgendein Junkie in einen Papierkorb geworfen hat, macht mich ganz krank. Und das hat nichts mit unserer Freundschaft zu tun. Nur insofern, dass ich das Glück habe, dass der beste Detektiv in Hessen, vielleicht sogar in der ganzen Republik, mir hier in Frankfurt gegenübersitzt. Finde das Teil! Und mach dir über die Kohle keine Gedanken, ich zahle, was auch immer auf eurer Rechnung steht, wenn ich die Lilie danach in meinen Händen halte.«

Paul Wagner war ein verlässlicher Freund. Ein loyaler Freund. Ein Freund auch für schlechte Zeiten. Aber die wenigen Sätze von Richard Fenske machten ihm das Leben jetzt deutlich leichter: Fenske war sich bewusst, dass er den ganzen Apparat haben konnte, aber eben nicht als Freundschaftsdienst. Perfekt. »Gut. Wir werden deine Lilie finden. Wir werden gleich noch über das Schmuckstück an sich reden, aber gibt es sonst noch irgendwelche Wünsche oder Extras, die du möchtest?«

»Wie sieht deine Truppe aus? Mit wem gehst du daran?«

»Ich verstehe die Frage nicht.«

»Also, was ich echt beeindruckend fand, war damals euer Fall mit dem Bembler-Pokal. Da warst du mit von der Partie. Aber auch dieser Kollege von dir, Stallitzer, ist der auch noch da?«

Oh ja, Helmut Stallitzer. 20 Jahre älter als Paul Wagner. Nicht immer sein Favorit im Team. Aber Stallitzer konnte was. Also, die Old-School-Sachen. Hatte von Insta und TikTok keine Ahnung, von Rechnern im Allgemeinen nicht, aber hatte ein blitzgescheites und schnelles Hirn. Und vor sieben Jahren hatten sie den Fall um den Bembler-Pokal gemeinsam gelöst. War ein interessanter Fall gewesen. Sie hatten einen völlig unbedeutenden Pokal, eher ein Vorbereitungsturnier der hessischen Amateurmannschaften, den die Lilien in fünf Jahren fünfmal gewonnen hatten, wieder auftreiben müssen. Und zwar in sehr knapper Zeit. Damit der Pokal rechtzeitig vor der Eröffnung des Lilien-Museums in der Vitrine hatte drapiert werden können. Und Stallitzer und er hatten ihn wieder aufgespürt, rechtzeitig, bevor das Museum seine Pforten geöffnet hatte.

»Ja, Stallitzer arbeitet noch für uns.«

»Super. Ich will, dass er im Team ist.«

Der Business-Modus notierte: Kosteeswaseswolle. Klar, Stallitzer würde mit von der Partie sein.

»Hast du sonst noch Wünsche für das Team?«

»Ich möchte, dass du dich persönlich darum kümmerst. Du und dieser Stallitzer. Wenn ihr damals den Bembler-Pokal wiedergefunden habt, dann findet ihr auch meine Lilie.«

»Okay«, sagte Wagner.

Ja, Stallitzer arbeitete in diesem Unternehmen. Aber Wagner selbst hatte mit ihm in den vergangenen Jahren eher sporadisch zusammengearbeitet. Was auch daran lag, dass er inzwischen die Detektei leitete und weniger im operativen Geschäft tätig war. Wenn aber Fenske mit seiner »Koste es, was es wolle«-Mentalität um die Wiederbeschaffung seiner Lilie bat, dann würde Wagner auch mit Stallitzer diesen Fall lösen. Ja, er freute sich sogar darauf, mit dem Kollegen mal wieder im Feld zu arbeiten.

»Dann hole ich jetzt am besten Helmut Stallitzer dazu, und dann erzählst du uns all das, was wir wissen müssen.«

»Paul, was möchtest du von mir?«, fragte Helmut Stallitzer. Sein Kollege Paul Wagner hatte ihn angerufen.

Er hatte gerade die Füße auf dem Schreibtisch drapiert, einen Cappuccino in der Hand – Pause. Solche Pausen brauchte er mehrmals am Tag. Dem komprimierten Denken, Deduzieren, Dechiffrieren und Kombinieren musste man des Öfteren am Tag einfach eine Pause gönnen, in der man nichts tat. Eben außer Cappuccino trinken.

Paul Wagner berichtete darüber, dass der Detektei ein neuer Fall übertragen worden sei. Die ganzen Details, die Wagner hinterherschob, ignorierte Stallitzer. Denn er wusste, Paul Wagner würde gleich zum wichtigen finalen Satz durchbrechen. Und der erfolgte auch: »Komm einfach rüber.«

Stallitzer hatte nur verstanden, dass es einen Klienten gab, der irgendein Schmuckstück verloren hatte, das sie jetzt wiederfinden sollten. Er klopfte an die Tür zu Paul Wagners Büro. Trat ein. Im Büro saßen Wagner und ein anderer Mann, den Stallitzer noch nie gesehen hatte.

»Helmut, das ist Richard Fenske, Richard, das ist Helmut Stallitzer.«

»... der Retter des Bembler-Pokals«, ergänzte der Unbekannte.

Der Bembler-Pokal. Ging es jetzt etwa wieder um die Lilien?

»Helmut, setz dich. Ich bringe dich auf den neuesten Stand«, sagte Wagner.

Und Paul Wagner war gut darin, Dinge kurz und knapp auf den Punkt zu bringen, es sei denn, es ging um die Lilien, dann fanden seine Ausführungen kein Ende. Das war seine zweite große Stärke. Die erste große Stärke lag darin, Herr über Bits und Bytes zu sein. Wenn es irgendein Problem gab, dem man per Computer zu Leibe rücken konnte, dann war Paul Wagner der richtige Mann. Deshalb grollte Stallitzer ihm auch nicht, dass er jetzt die Detektei leitete. Immer mehr zählten digitale Kenntnisse, digitale Vorgehensweisen, digitales Know-how. Das war nicht sein Bereich. Und das wusste er auch. Aber wenn es darum ging, Berge von Informationen sinnvoll zu verknüpfen, dann kam er, Helmut Stallitzer, ins Spiel.

Paul Wagner berichtete knapp von der Aufstiegsfeier, vom Verlust des Inhalts des Bauchgurts und von der silbernen Lilie, die Richard Fenske zurückhaben wollte.

Stallitzer richtete sich in seinem Stuhl auf. Jetzt wurde es spannend für ihn. »Diese Lilie, können Sie sie uns exakt beschreiben?«

Fenske schaute Stallitzer zum ersten Mal direkt an. »Ja. Sie ist exakt 1,9 Zentimeter hoch und 1,6 Zentimeter breit. Sie ist aus Silber gefertigt. 925er, also Sterlingsilber.«

»925er – was bedeutet das?« Stallitzer war immer um exakte Definitionen bemüht. Und die Zahl sagte ihm gar nichts.

»925er Silber besagt, dass das Silber aus 925 Anteilen Silber besteht und aus 75 Anteilen Nicht-Silber, also Kupfer. Das bedeutet, dass es sich um besonders hochwertiges Silber handelt. Eben jenes, aus dem Münzen, Schmuck oder Besteck hergestellt werden.«

Okay, das verstand Stallitzer. »Wir suchen also nach einer Lilie, knapp zwei Zentimeter groß, aus bestem Silber. Super. Gibt es vielleicht noch ein paar weitere Merkmale, die eine Identifizierung leichter machen würden?«

Dieser Fenske grinste Stallitzer an. Aber es war kein überhebliches Grinsen. Sondern es war eher »Sie wissen, die wichtigen Fragen direkt zu stellen« in der Mimik-Variante.

»Auf der Rückseite der Lilie war ein kleiner Stift gelötet. So ein Pin, mit dem man diese Lilie am Revers mit einem Butterfly-Verschluss anstecken konnte. Der Stift war mal abgebrochen und ist vor 40 Jahren ersetzt worden. Aber egal. Wir reden von einem Anstecker, echtes Silber, zwei Zentimeter groß, mit einem Butterfly-Pinverschluss.«

Stallitzer nickte und fragte sofort weiter: »Gibt es an diesem Schmuckstück irgendein unverwechselbares Kennzeichen?«

»Ja. Auf die Rückseite der Lilie ist ein Datum eingraviert. Der 24. Juli 1921. Also präzise: 24. 7. 1921.«

»Und was hat es mit dieser Jahreszahl auf sich?«

Dieser Fenske schaute zu Paul Wagner, dann sah er ihn, Stallitzer, wieder direkt an. »Ist ein bisschen Familiengeschichte. Wollen Sie das wirklich hören?«

Stallitzer sah, wie Paul Wagner mit den Augen rollte.

Aber er, Stallitzer, hatte in seinem Berufsleben als Detektiv die Erfahrung gemacht, dass es manchmal ein Wort in einem unwichtigen Nebensatz oder gar einem ganzen Absatz gewesen war, das plötzlich Licht ins Dunkel gebracht hatte. Insofern war er geneigt, Richard Fenskes Geschichte zu hören. Mit einem leichten Hochziehen der Augenbraue forderte er Fenske auf, die Story zu erzählen.

»Das alles geht auf meinen Urgroßvater Reinhard Fenske zurück. Er war Jahrgang 1897. Und wurde damit als 17-Jähriger in den Ersten Weltkrieg geschickt. Er überlebte die gesamten vier Jahre als Soldat. Und kam nach Hause, ohne rechten Fuß. Damit war er noch einer der Veteranen, die gut davongekommen waren. Er humpelte, aber er lebte. Er humpelte, aber er konnte arbeiten. Kein einfaches Leben, aber ein Leben.

Mein Urgroßvater hatte immer gekickt. Bis sie ihn eingezogen hatten, war Fußball seine große Leidenschaft gewesen. Hat für FK Olympia 1898 Darmstadt gekickt.«

»Das war einer der beiden Vereine, aus denen der SV 98 hervorgegangen ist«, brachte sich nun auch Wagner in das Gespräch ein.

»Nach dem Krieg, da hatte mein Uropa erst mal keinen Job mehr. Lag der Familie auf der Tasche. Hat ihm nicht gefallen. Er hat damals Tagebuch geschrieben, daher weiß ich das so genau. Aber er hat eine junge Frau kennengelernt. Die hieß auch Laura, wie meine Verlobte heute. Und, er hat sie sehr geliebt. Und diese Liebe wurde erwidert. Diese Laura, die hat damals eine Ausbildung gemacht, zur Goldschmiedin. Eine der ganz wenigen Frauen, die diesen Beruf erlernten, die überhaupt einen Beruf lernten.

Und für meinen Uropa Reinhard tat sich plötzlich eine Möglichkeit auf: 1919 fusionierten der FK Olympia und der SC Darmstadt 1905 zum SV Darmstadt 98. Und 1920 begann der Verein, ein Stadion zu bauen. Im Rahmen der Erwerbslosenfürsorge bekam auch Reinhard dort einen Job: Er war einer der Bauarbeiter, die das Stadion bauten. Viel verdiente er nicht, aber genug, um das Selbstbewusstsein zu haben, seiner Laura einen Antrag zu machen.

Laura Hoffmann, so ihr Name, absolvierte gerade ihre Gesellenprüfung zur Goldschmiedin. Und sie fertigte eine Lilie, genau nach dem Abbild des Vereinsemblems. 925er Silber – das war in diesen Zeiten nicht billig.

Dann wurde 1921 das Stadion eingeweiht. Das Eröffnungsspiel am 24. Juli gewann der SV 98 gegen Helvetia Frankfurt mit 4:1. Den Rasen für den Fußballplatz musste man nicht einmal neu anlegen. Als vormaliger Golfrasen war er perfekt in Schuss. Und Laura schenkte ihrem Verlobten ihr Gesellenstück. Hatte bereits einen Stift angelötet, damit ihr Verlobter die Lilie auch tragen konnte. Und so ist sie seit mehr als 100 Jahren ein Teil unserer, meiner Familie.«

Schweigen herrschte in der Runde. Keiner der drei Männer sagte ein Wort.

Doch dann flüsterte Richard Fenske: »Und diese Lilie, die will ich wiederhaben.«

Es dauerte nur wenige Minuten und Klicks, bis Paul Wagner auf eine Seite im Netz gestoßen war, die sich den Merchandising-Produkten des Darmstädter Fußballvereins widmete, ebenso wie jenen Ausstellungsstücken, die das Lilien-Museum beherbergte. Die Artikel waren chronologisch aufgelistet. Und selbstverständlich verfügte die Seite auch über eine Suchfunktion. Am unteren Ende der Startseite fand sich »Das Produkt der Woche«. In diesem Fall war es ein blaues Quietscheentchen mit Lilien-Emblemen und einem Fußball unterm Flügel. Perfekt geeignet, um schon die Jüngsten beim Schaumbad in der Plastikschüssel mental in die richtige Richtung schwimmen zu lassen.

Wagner gab das Wort »Zwanziger Jahre« in das Suchfeld ein. Die Ergebnisliste war übersichtlich: ein paar Fähnchen, ein paar Aufnäher, drei Trikots. Unter den Abbildungen all dieser Exemplare fanden sich Informationen in unterschiedlichen Kategorien: zunächst das Jahr, aus dem der Gegenstand stammte. Darunter eine kurze Beschreibung. Unter dieser Beschreibung fand sich schließlich die Rubrik »Verbleib«. Darunter stand in diesem Fall: »Lilien-Museum, Darmstadt«.

Paul Wagner scrollte die Seite weiter herunter und fand, was er suchte: Richard Fenskes Lilien-Anstecker. Wie Fenske berichtet hatte, stammte er aus dem Jahr 1921. Die Beschreibung entsprach genau dem, was Fenske auch schon mitgeteilt hatte. Zusätzlich war vermerkt, dass es sich um ein Unikat handelte. Unter »Verbleib« stand geschrieben: »In Privatbesitz«. Wagner lud die Fotos herunter.

Wer sich also für solche Lilien-Devotionalien interessierte, wurde auf dieser Seite definitiv fündig. Natürlich stand dort nicht, dass der Besitzer der Lilie Richard Fenske war. Aber Paul Wagner erinnerte sich dunkel an ein kurzes YouTube-Video, das nach dem 2014er ›Wunder von Bielefeld‹ kursierte. Paul

Wagner klickte sich durch sein eigenes kleines Lilien-Video-Archiv. Nach wenigen Minuten hatte er die Datei aufgespürt. Das Filmchen dauerte neun Minuten und 40 Sekunden. Für einen Nicht-Lilien-Fan war es nur schwer erträglich, denn es bestand aus nichts anderem als Originaltönen der Fans nach dem Spiel. Man konnte die Redebeiträge knapp zusammenfassen zu einem »Boah! Super, ey!«, wobei sich die einzelnen Statements weniger in der Wortwahl als vielmehr durch ihren Lall-Faktor unterschieden. Auch Richard Fenske war kurz interviewt worden. Auf der Lallskala von eins bis zehn lag er im soliden Mittelfeld. Und es war auch nicht sein qualifizierter Redebeitrag, der diesen Ausschnitt des Videos für Paul Wagner so interessant machte. Vielmehr war es die Großaufnahme seiner Lilie, die er am Revers seines Jacketts angeheftet hatte. Dem Jackett war anzusehen, dass es im allgemeinen Freudentaumel mehrere Bierduschen abbekommen hatte.

Fazit von Wagners kleiner Recherche: Jeder, der sich für diesen Silberanstecker interessierte, konnte wissen, dass Richard Fenske der stolze Besitzer war. Nachdem dies geklärt war, wandte sich Paul Wagner dem nächsten Schritt seiner Nachforschung zu. Er wollte herausfinden, was die Polizei bereits über den Taschendiebstahl vermerkt hatte.

Wantrupp & Wantrupp, respektive eigentlich nur Paul Wagner, verfügte über ein ausgesprochen weitverzweigtes Netz an digitalen Informationsquellen. Natürlich hatte er Zugänge zu diversen digitalen Zeitschriftenarchiven und Recherchedatenbanken. Dies war stets eine solide Basis für die Informationsbeschaffung. Erfolgversprechender waren jedoch nicht immer legale Foren im Netz, sondern auch jene im sogenannten Darknet. Und für Paul Wagner am interessantesten waren in diesem Falle Zugänge zu hessischen Polizeirechnern. Und die konnte man sich auch auf jenen eher dunklen Seiten des Netzes besorgen. Zum Beispiel, indem man den Namen und die Zugangsdaten von Polizisten erhaschte. »Alois Zuglgrieber« war einer von ihnen, der trotz seiner ganz offensichtlich bayerischen Herkunft bei der hessischen Polizei arbeitete. Wie es schien, hatte ein Kollege sich daran bereichert, die Zugangsdaten von Zuglgrieber zu verscherbeln. Hatte Wagner 2.500 Euro gekostet. Vor fünf Wochen hatte er die Daten gekauft – Bitcoin sei Dank – und in der vergangenen Woche noch damit gearbeitet.

Nun versuchte Wagner, sich mit diesen Daten abermals beim Polizeirechner anzumelden. Doch vergeblich. Die Reaktion auf seine Eingabe war unmissverständlich: »Eingabe nicht gültig.« Er wusste, dass die Kollegen im Staatsdienst regelmäßig aufgefordert wurden, Passwörter zu wechseln. Diese 2.500 Euro musste Paul Wagner wohl abschreiben. Würde er also bald wieder zwei Stunden investieren müssen, um eventuell an einen neuen Zugang zu gelangen.

Er seufzte. Aber er musste den Fall nicht allein lösen. Sollte doch Stallitzer auch etwas zum Erfolg beitragen ...

Zwei Halbe, eine Currywurst mit Pommes und ein Kochkässchnitzel – Helmut Stallitzer reichte der Bedienung einen 50-Euro-Schein und erhielt das Rückgeld. Mit den beiden Biergläsern in der einen Hand und den beiden blauen Funk-Pagern in der anderen ging er zurück an den runden Tisch am Rand des Biergartens in der Dieburger Straße. Seines Dafürhaltens das schönste Gartenlokal in Darmstadt. Am Tisch saß Konstantin Böhringer. Der stämmige Mittfünfziger trug einen grauen Anzug und eine blaue Krawatte. Auf den ersten Blick hätte wohl niemand vermutet, dass hier ein Schutzpolizist der Darmstädter Polizei saß.

»Danke«, sagte Böhringer, als Stallitzer das Glas vor ihm abstellte und den Pager danebenlegte. Noch gab sich das kleine blaue Kästchen friedlich, doch in dem Moment, in dem die Currywurst zubereitet wäre, würde es sich in einen Derwisch verwandeln und wild blinken, brummen und tanzen.

»Was hast du auf dem Herzen?«, wollte der Polizist von Stallitzer wissen.

Der hatte vorher nur kurz mit ihm telefoniert und ihn gefragt, ob es möglich wäre, dass sie sich auf eine halbe Stunde treffen würden. Bei solchen Anfragen wusste Böhringer immer, dass Stallitzer Informationen brauchte. Interne Auskünfte. Stallitzer wusste, dass Böhringer keine sensiblen Interna preisgeben würde. Dennoch war er bereit, Stallitzer, soweit es die Regeln erlaubten, zu unterstützen. Das hatte sich auch für Böhringer schon ausgezahlt. Denn wenn Stallitzer zu irgendeinem Fall relevante Erkenntnisse erlangte, gab er diese an Böhringer weiter. Und so hatte Stallitzer im Hintergrund bei manchem Problem zur Aufklärung beigetragen.

Auch Stallitzer hatte sich gesetzt. »Also, Konstantin, ich hab da einen neuen Klienten. Der ist gestern bei der Aufstiegsfeier der Lilien beklaut worden. Hatte so einen Bauchgurt um, der wurde unten aufgeschlitzt – und der Inhalt war weg. Unter den gestohlenen Dingen befand sich ein silberner Anstecker, den er auf Teufel komm raus zurückhaben möchte. Und meine Kollegen und ich, wir sollen dieses kleine Zauberkunststück vollbringen.«

Böhringer nickte nur, fragte aber nichts.

»Tja, und das wirft natürlich ein paar Fragen auf. Die erste Frage ist, ob es sich hier um eine gezielte Attacke gegen meinen Mandanten handelt. Oder ob es auf dem Fest noch weitere Taschendiebstähle gab.«

Böhringer hob eine Augenbraue. Er war eher nicht so die Plaudertasche. Aber etwas in den Worten von Stallitzer hatte seine Aufmerksamkeit erregt. »Ja, es gab bei der Aufstiegsfeier außergewöhnlich viele Taschendiebstähle.«

Nun war es an Stallitzers Braue, es jener von Böhringer nachzutun. »Okay. Was kannst du mir darüber erzählen? Was darfst du mir darüber erzählen?«

Der Polizist nahm einen tiefen Schluck aus seinem Bierglas. Stellte das Glas ab. Zögerte. »Was ich dir sagen kann, ist Folgendes: Tatsächlich gab es 21 Taschendiebstähle, die angezeigt worden sind. Drei Bauchtaschen wurden aufgeschlitzt, 15 Portemonnaies geklaut, acht Handys und noch ein bisschen Tüddelkram von den Bauchtaschen. Das sind aber nur die Fälle, die angezeigt worden sind. Natürlich gibt es auf solchen Festen immer wieder Taschendiebstähle. Aber mehr als 15 innerhalb von 30 Minuten – so was hatte ich schon ewig nicht mehr.«

»*Drei* Bauchtaschen?«

»Ja. Drei Stück.«

»Das ist ein Modetrend, den ich nie verstehen werde …«

Böhringer ignorierte Stallitzers Einwurf und fuhr fort: »Was ich dir auch sagen kann, ist, dass wir davon ausgehen, dass es sich um Profis handelt, einen oder mehrere.«

»Wie kommst du darauf?«

»Das ist ganz einfach. Die gesamte Diebstahlserie ereignete sich wie gesagt in einem Zeitfenster von weniger als einer halben Stunde. Da sind – ich tippe mal – drei oder vier auf Beutezug gegangen, haben ihren Job erledigt und sich dann sofort abgesetzt.«

»Drei oder vier?«

»Na ja, 21 Diebstähle in 30 Minuten, das wäre für einen einzelnen Taschendieb kaum möglich gewesen.«

»Und was sagt dir noch, dass es sich um Profis gehandelt hat?«

»Die Bauchtaschen sind alle aufgeschlitzt worden. Immer derselbe Modus Operandi. Und außerdem sind alle 21 Diebstähle auf sehr engem Raum durchgeführt worden. Alles ganz vorne und mit Blick auf die Bühne eher auf der linken Seite. Die Opfer wussten natürlich nicht mehr ganz genau, wann ihnen Handy oder Inhalt abhandengekommen ist. Aber es zeichnete sich doch ein Bild ab, dass die Diebe sich von der Mitte bis nach links außen durchgearbeitet haben und dann einfach Richtung Herrngarten abgehauen sind. Oder, wenn sie etwas schlauer waren, nach hinten gegangen sind und sich von dort aus abgesetzt haben.«

»Kameras?«, wollte Stallitzer wissen.

»Nope. Gibt es auf dem Karolinenplatz nicht. Da hätte die Feier schon auf dem Luisenplatz stattfinden müssen.«

»Danke. Das hilft mir schon weiter. Eines ist damit klar: Die Bauchtasche meines Mandanten ist nicht aufgeschlitzt worden, damit man den komischen Anstecker klauen konnte. Sondern er war einfach ein Zufallsopfer wie die 20 anderen.«

»Ja, das ist wohl so. Und es ist ziemlich ärgerlich. Ich hasse Taschendiebstähle.«

»Na ja, wer tut das nicht?«

»Schon klar. Mich nervt es nur, weil es einfach die Delikte sind, die wir in den seltensten Fällen aufklären können. Sind ja heute selten Einzeltäter. Einer stößt das Opfer von hinten an, das konzentriert sich auf den Schmerz in der Schulter, ein zweiter greift in die Innentasche, klaut das Portemonnaie, geht vier Schritte, übergibt es an Nummer drei. Und selbst wenn das Opfer es mitbekommt, hat der Dieb die Beute schon nicht mehr bei sich, sollte er aufgehalten werden. Unsere Aufklärungsquote liegt bei, man darf es kaum laut sagen, 20 Prozent.«

»Also ist dir Mord lieber?«

Böhringer verzog sein Gesicht zu einem schrägen Grinsen. »Was die Aufklärungsquote angeht, auf jeden Fall. Bei Mord sind wir da bei fast 100 Prozent.«

»Und ihr habt für jeden dieser Diebstähle eine eigene Akte angelegt?«

»Ja, natürlich.«

»Könntest du mir die zukommen lassen?«

»Das meinst du nicht im Ernst, oder?«

Stallitzer wurde einer Antwort enthoben, denn die beiden Pager walteten ihres Amtes und machten die Essensbesteller darauf aufmerksam, dass ihr Mahl zubereitet worden war. Stallitzer erhob sich, ging zur Essensausgabe und nahm sich der beiden Teller mit Schnitzel und Wurst an. Er stellte die Gerichte auf dem Tisch ab, dann setzte er sich.

Böhringer und Stallitzer aßen schweigend. Böhringer richtete immer mal wieder den Blick auf Stallitzer, sagte aber nichts. Ganz offensichtlich arbeitete es in ihm und er fragte sich, ob er Stallitzers Wunsch nachkommen sollte oder nicht.

Als sich Böhringer mit der Serviette den Mund abwischte – er hatte die Currywurst eher inhaliert als gegessen –, sagte er: »Du weißt, dass ich das nicht tun darf.«

Stallitzer zuckte nur mit den Schultern. Es hatte schon ein paarmal solche Deals zwischen ihnen gegeben, die, allein juristisch betrachtet, eher im dunkleren Bereich der Grauzone angesiedelt gewesen waren. Stallitzer antwortete nicht. Er musste Böhringer noch ein bisschen schmoren lassen. Denn Böhringer wusste, dass, wenn Stallitzer die Akten bekam, sicher auch für den Ordnungshüter etwas heraussprang.

Stallitzer verdrückte das letzte Stück Schnitzel, dann sagte er: »Konstantin, du weißt, dass ich die Diskretion in Person bin. Und entweder finde ich etwas heraus, was euch hilft, die Diebstähle aufzuklären. Dann bekommst du, und *nur* du, all diese Informationen. Und sollte es mir nicht gelingen, irgendetwas zu ermitteln, dann verschwinden die Kopien dieser Akten in fünf Tagen im Reißwolf. Und ganz wie bei der Mafia besiegeln wir unseren Pakt mit einem Händedruck, ohne Verträge und Unterschriften.«

Die beiden Biergläser waren leer. Böhringer erhob sich und ergriff sie. »Diese Runde geht auf mich.«

Wenig später kam er mit zwei vollen Biergläsern zurück.

Abermals saßen die beiden Männer einander schweigend gegenüber, tranken Bier.

Zwei Minuten später reichte Böhringer Stallitzer die Hand. »Deal!«

Aus den Boxen ertönte leise die Musik der zweiten Orchestersuite von Johann Sebastian Bach, dirigiert von Nikolaus Harnoncourt, in der bewusst historisch reduzierten Variante, die Stallitzer sehr schätzte. Er besaß eine große Sammlung an CDs und auch noch einige Schallplatten. Für ihn war es ein Ritual, eine Schallplatte auf den Plattenspieler zu legen oder eine CD in die Schublade des CD-Spielers. Sein Verstärker verfügte über keinerlei digitale Eingänge. Was nicht daran lag, dass Stallitzer zu den Vertretern des HiFi-Okkultismus zählte, die einen drei Stunden langen Vortrag darüber halten konnten, weshalb Kabel mit Goldsteckern angeblich zu luftigerem Klang führten. Es lag daran, dass der Vorverstärker, der Tangentialplattenspieler, der CD-Player sowie das Tapedeck von Revox seit Jahrzehnten ihren Job einfach perfekt taten. Nur die Boxen hatte sich Stallitzer vor acht Jahren erlaubt, gegen ein Pärchen der Edellautsprecher von Backes & Müller auszutauschen, zwei BM12. Einen einzigen Nachteil hatten diese: Er konnte keine Filme mit Til Schweiger mehr über die edle Anlage laufen lassen. Das Quäken des Schauspielers war in dieser HiFi-Qualität noch weniger zu ertragen als über die Tröten eines Flachbildfernsehers.

Hingegen klang die Aufnahme der Bach-Werke von 1993 sehr natürlich und herrlich.

Stallitzer hatte sich einen Whisky eingeschenkt, rauchig, von der Destillerie Laphroaig. Er blätterte durch den Stapel an Ausdrucken, die ihm Konstantin Böhringer hatte zukommen lassen. Auf den Kopien hatte er alle Namen und Adressen mit einem schwarzen Edding übermalt, bis auf die Anfangsbuchstaben der Namen. Wenn man ein Blatt jedoch gegen das Licht hielt, konnte man das vermeintlich unsichtbar Gemachte problemlos lesen. Stallitzer machte sich nicht die Mühe. Es ging ihm zunächst nur um die einzelnen Fälle. Um das, was geklaut worden war. Sollte es irgendwann relevant werden, konnte er immer noch auf Namen und Adressen zurückgreifen.

Stallitzer hatte einen alten Laptop. Er hatte in Excel eine Tabelle aufgemacht, in die er die Daten der Akten übertrug. Namenskürzel des Bestohlenen, Ort des Diebstahls, Zeit des Diebstahls und dann einzelne Spalten für die Dinge, die abhandengekommen waren. Er war wahrlich kein IT-Crack. Aber mit den Grundlagen von Office kam er gerade so zurecht. Und brauchte dazu 70 Minuten und noch ein Glas Whisky.

Der Vorteil der Arbeit mit der Tabelle gegenüber Zettel und Stift war, dass man sie nach bestimmten Kriterien sortieren konnte – was sogar ihm gelang. Und als er sie nach Zeit und Ort auflistete, bestätigte sich die Aussage von Konstantin Böhringer: Die Diebe hatten in der Mitte der Zuschauermenge unmittelbar vor der Bühne angefangen, Menschen zu bestehlen, und hatten sich dann nach links vorgearbeitet.

In jeder Tasche oder jedem Portemonnaie hatte sich Bargeld gefunden, von 20 bis zu 700 Euro. In fast allen Etuis hatten auch Ausweisdokumente oder Führerscheine gesteckt. In einigen ebenso Scheck- und Kreditkarten. In einer weiteren Bauchtasche war ebenfalls ein Schmuckstück gewesen: Ein Mann hatte ein Goldkettchen in Sicherheit gebracht. Der Verschluss war kaputtgegangen und die Kette auf den Boden gefallen. Hatte er Glück gehabt, dass er sie auf dem Boden noch rechtzeitig entdeckt hatte. Oder vielleicht auch nicht: Wäre der Verschluss nicht gerissen, wäre sie jetzt noch in seinem Besitz.

Ein paar der Bestohlenen hatten sogar Fotos von den entwendeten Gegenständen auf ihren Handys. Diese Bilder waren dann ausgedruckt und manuell in die Akten geklebt worden. Und Stallitzer fotografierte sie von den Farbkopien der Akten ab. Um sie dann wieder digital in die Excel-Tabelle zu transferieren. Einfach geht anders, aber Stallitzer war froh, dass er die Akten überhaupt vorliegen hatte.

Zwei der drei gestohlenen Bauchtaschen erstrahlten in lilienkonformem Blau-Weiß. Auf einem der Fotos erkannte Stallitzer diesen Richard Fenske wieder. Auch dessen Bauchtasche war blau-weiß. Dann gab es noch Bilder von einer neongrünen Tasche.

Stallitzer sah auf seinen Chronometer: Es war sechs Uhr abends. Er überlegte, wie er nun weiter vorgehen würde. Er konnte sich vorstellen, dass die Taschendiebe das Bargeld und den Schmuck an sich genommen und den Ballast von Brusttasche, Portemonnaie und Ähnlichem einfach weggeworfen hatten. Vielleicht in Mülleimer. Zweimal wurden diese in Darmstadt am Tag geleert. Wenn sie dort hineingeworfen worden wären, wäre die Chance sehr gering, diese Dinge wieder aufzufinden. Aber eventuell waren sie auch bloß in ein Gebüsch oder einen Hinterhof geworfen worden.

Kollege Wagner hatte Stallitzer davon berichtet, dass Richard Fenske gesagt habe, sie sollten alles unternehmen, was helfen würde, seinen Lilien-Anstecker wiederzufinden. Und dass Kosten keine Rolle spielten. Daher war Stallitzer dazu geneigt, noch mal mit einem großen Trupp von Personen nach den gestohlenen Dingen im Umkreis des Karolinenplatzes zu suchen. Es konnte sein, dass es vergebliche Liebesmüh war, vielleicht aber eben auch nicht.

Wenn es darum ging, viele Menschen in kürzester Zeit bereitzustellen, um gerade solche Aufgaben zu bewältigen, hatte Stallitzer eine Geheimwaffe: Sie hieß Katharina Hochnagel. Ein Darmstädter Privatdetektiv mit dem Namen Steffen Horndeich hatte sie ihm einmal empfohlen. Stallitzer und Horndeich hatten einander kennengelernt, als Horndeich einen Fall bearbeitet hatte, der ihn nach Frankfurt geführt hatte. Er hatte nach lokaler Unterstützung gesucht und war bei Wantrupp & Wantrupp gelandet, respektive beim zweiten Wantrupp in der Firmenbezeichnung, nämlich der Detektei. Stallitzer hatte Horndeich helfen können, einen jungen Mann in Frankfurt ausfindig zu machen, der von seinen Eltern gesucht worden war. Der Kerl hatte keine Lust, mit seinen Eltern zu sprechen, aber das war dann das Problem der Familie gewesen.

Stallitzer war mit diesem Horndeich am selben Abend in Frankfurt noch ein Bier trinken gegangen. Und sie hatten sich ein wenig ausgetauscht über ihre Profession. Dabei war der Name Katharina Hochnagel gefallen, die eben in Darmstadt immer wieder für Horndeich gearbeitet hatte. Stallitzer rief Wagner an und unterbreitete ihm die Idee mit dem Suchtrupp.

Der hielt das auch für eine sinnvolle Idee. Also rief Stallitzer nun Katharina Hochnagel an. Die ging tatsächlich nach dem zweiten Klingeln an den Apparat. »Hallo, Stalli, altes Haus, wie geht's, wie steht's?«

Stallitzer seufzte, unhörbar. Die junge Frau war mehr als 30 Jahre jünger als er. Einmal hatte er mit ihr zusammengearbeitet, das war ungefähr vor einem halben Jahr gewesen. Wantrupp & Wantrupp hatte damals einen Klienten, der nachweisen wollte, dass ein Mitarbeiter innerhalb seines Unternehmens Kontakt zu einem Konkurrenten aufgenommen hatte. Die elektronische Kommunikation via E-Mail hatte man relativ einfach auswerten können, durch eine simple Suche nach Namen. Aber es hatte auch rund 45 Leitzordner voll mit schriftlicher Korrespondenz und Dokumentationen gegeben. Und da brauchte man Menschen, die diese Masse durchforsteten und dabei gründlich waren. Katharina hatte 20 Kommilitoninnen und Kommilitonen aufgetrieben, die die Arbeit bewältigen sollten. Es hatte ausgezeichnet geklappt, nach 20 Stunden hatte einer der Studenten tatsächlich einen der verdächtigen Namen in einem Brief aufgespürt.

Stallitzer war beeindruckt gewesen. Was ihn aber ein wenig nervte, war die saloppe Umgangsweise von Katharina. Sie duzte alle und jeden, sie war schnippisch und, so empfand es zumindest Stallitzer, übergriffig. Vielleicht war das jedoch wirklich eine Generationenfrage.

Stallitzer konterte: »Hallo, junge Maus, alles bestens.« Dann genoss er die drei Sekunden Sprachlosigkeit am anderen Ende der Leitung.

»Touché«, erwiderte Katharina. »Was kann ich für dich tun?«

Stallitzer erwiderte nichts. Und Katharina verstand. Denn sie verfügte durchaus über das Feingefühl, das nötig war, auch leise

Stimmungen zu erfassen. »Okay«, fügte sie hinzu: »Was kann ich für *Sie* tun?«

Na also, geht doch, dachte Stallitzer. »Katharina, ich brauche Ihre Hilfe.« Kurz schilderte Stallitzer die Problematik.

»Ich verstehe, was Sie wollen. Welchen Bereich wollen Sie genau absuchen lassen?«

»Definitiv alles 100 Meter rund um die Merck-Bühne des Schlossgrabenfestes. Dann den gesamten Herrngarten. Und auch den Prinz-Georg-Garten. Das Hochschulviertel rund ums alte Hochschulgebäude und die Erich-Ollenhauer-Anlage. Auch der Schlossgraben rund ums Schloss muss unter die Lupe genommen werden. Und auch der Mathildenplatz.«

»In Ordnung, das habe ich.«

Das war genau das, was Stallitzer an Katharina Hochnagel gefiel. Noch während er diese erste grobe Beschreibung abgegeben hatte, hatte sie bereits mitgeschrieben. Oder das Gespräch aufgezeichnet? Wie auch immer, sie hatte die relevanten Informationen gespeichert. Es war diese Effizienz, die Stallitzer so schätzte. Dafür sah er auch mal über ein »Du« hinweg.

»Wann soll das stattfinden? Und wie schnell muss es gehen?«

»Es soll morgen stattfinden, so früh wie möglich. Und es sollte möglichst schnell abgeschlossen sein.«

»Gut. Das kann ich organisieren. Für den Bereich, den Sie genannt haben, würde ich 40 Leute organisieren. Sind Studenten. Auch einen Nachtjob früh um fünf, das könnte ich organisieren. Ich schlage indessen vor, dass wir das aber erst machen, wenn es richtig hell ist. Sieben Uhr?«

Klang für Stallitzer ziemlich geeignet. »Ja.«

»Treffpunkt wo? Also, wenn die Merck-Bühne der Ausgangspunkt ist, schlage ich vor, dass wir uns auch genau dort treffen.«

»Ja.«

»Das kostet dann pro Mann und Einsatz 100 Euro. Für mich, die ich das alles organisiere, 500. Und jeder, der einen der gesuchten Gegenstände findet, bekommt einen Doppel-Hunni drauf. Aber maximal 1.000 Euro.«

Stallitzer schluckte, sagte dessen ungeachtet noch nichts. Ihm wurde ein wenig schwindlig. Die Lilie, die sie suchten, war 50 Euro wert. Also, Materialwert ... Nach den Bedingungen, wenn der Suchtrupp tatsächlich einige Objekte an unterschiedlichen Orten fand, konnten da mal fast 10.000 Euro über die Wupper gehen.

»Das mit dem Doppel-Hunni ist wichtig, denn dann strengen sich die Jungs und Mädels richtig an.«

Stallitzer wusste, dass Katharina Hochnagel für Philosophie eingeschrieben war. Bereits seit 20 Semestern, davon hatte er ebenfalls Kenntnis. Stallitzer fragte sich, welcher Philosoph *Geschäftstüchtigkeit* lehrte. Das war dann definitiv der, über den Katharina ihre Abschlussarbeit schreiben würde ...

»Hallo? Deal oder kein Deal?«

Offensichtlich hatte Stallitzer seine Gedanken zu lang kreisen lassen. »Deal.« Schon zum zweiten Mal an diesem Tag endete ein Gespräch mit diesem Wort.

# MITTWOCH

Bereits um halb sieben hatten sich Paul Wagner und Helmut Stallitzer im Frühstücksbereich des ›Welcome‹-Hotels getroffen und jeweils einen Cappuccino getrunken.

Vom Innenraum aus sahen sie, wie sich neben der Merck-Bühne immer mehr junge Leute versammelten. »Da ist sie«, sagte Stallitzer und deutete auf eine junge Frau. »Die mit dem roten T-Shirt. Das ist Katharina.«

Paul Wagner erkannte sie sofort. Und las den weißen Aufdruck auf dem roten T-Shirt: »Wissen ist Macht. Weiß nix, macht nix.«

»Meint sie das ernst?«, fragte er entsetzt.

Kollege Stallitzer grinste von einem Ohr bis zum anderen: »Nein. Das meint sie nicht ernst. Diese junge Dame darfst du nicht unterschätzen.«

»Gehen wir raus?«

Stallitzer sah auf seine Uhr. »Es ist zehn vor sieben. Wir sollten auf keinen Fall zu früh sein.«

»Warum nicht?«

»Weil man einer wie Katharina nie das Gefühl geben darf, dass man auf sie gewartet hat.«

»Verstehe ich nicht.«

»Macht nix«, grinste Stallitzer noch ein bisschen breiter.

Pünktlich um sieben blies Stallitzer zum Aufbruch. Wagner folgte ihm, als er auf den Platz hinaustrat.

»Moinsen«, rief Stallitzer in die Runde.

Hey, er hat meine Begrüßung geklaut. Oder übernommen. Wie auch immer, dachte Wagner.

Er zählte die Runde blitzschnell durch. Genau 40 Leute. Da waren ein paar darunter, deren Ränder unter den Augen ein einziger großer Klageruf waren, dass man so früh hatte aufstehen müssen. Aber die meisten blickten recht frisch in die Runde.

»Hallo«, begrüßte Stallitzer auch Katharina. Er stellte die junge Frau Paul Wagner vor. »Paul, das ist die Koryphäe für Spontan-Flash-Mobs jeglicher Art.«

Wagner reichte der jungen Frau die Hand. Sie hatte die Haare hochgesteckt, keine Schminke aufgetragen, verfügte dennoch über eine Ausstrahlung, die Paul Wagner imponierte.

»Dann werde ich die Studenten jetzt einweisen?«, fragte Stallitzer Katharina.

Die runzelte für den Bruchteil einer Sekunde die Stirn, dann sagte sie: »Sie haben mir doch gestern die Liste mit den Gegenständen zugeschickt, oder? Wen wollen Sie jetzt noch einweisen?«

Stallitzer hatte tatsächlich am Vorabend Katharina die gesamte Liste der vermissten Gegenstände zugeschickt. Was nichts daran änderte, dass er den Studenten jetzt mitteilen musste, was sie zu tun hätten. Und wo sie es zu tun hätten. Und wie die Gruppen einzuteilen wären.

Noch bevor er etwas sagen konnte, fuhr Katharina bereits fort. »Helmut, das habe ich doch alles schon erledigt. Jeder hat die Liste. Jeder hat deine Handynummer. Und ich habe die Gruppen bereits eingeteilt, wer wo sucht. Aber auch allen ein paar Latexhandschuhe gegeben, damit sie keine Spuren ruinieren, wenn sie etwas finden. Echt, wenn du so viel Geld bezahlst, dann darfst du ruhig erwarten, dass die Organisation im Paket enthalten ist …«

Katharina zog ein Papier aus ihrem Rucksack, faltete es auf. Darauf zu sehen die Merck-Bühne als Zentrum und im Radius von rund einem halben Kilometer zahlreiche voneinander getrennte Bereiche. Diese waren unterschiedlich koloriert, gleichmäßig verteilt über die Schattierungen der Spektralfarben.

»Ich habe meine Leute in Zweiergruppen eingeteilt und 20 Suchbereiche definiert. Die alle sollten innerhalb von drei Stunden zu schaffen sein.«

»Und was muss ich dann jetzt noch tun?«, wollte Stallitzer wissen.

Wagner grinste innerlich. Stallitzer hatte ihm von Katharina erzählt und von ihren Fähigkeiten. Aber dass diese junge Frau Stallitzer jetzt so was von sprachlos machte, das musste erst mal jemand hinkriegen.

»Was Sie machen müssen? Eigentlich nur sagen: Lauft los.«

Stallitzer war immer noch konsterniert.

Katharina lächelte und rief: »Los geht's!«

Und wie auf Knopfdruck strömte die Gruppe auseinander. Nach einer Minute waren alle aus dem Sichtfeld verschwunden.

»Und ihr so? Was macht ihr jetzt?«

Diese Frage konnte Paul Wagner sofort beantworten: »Wir werden jetzt frühstücken.«

»Perfekt«, erwiderte Katharina. »Dann könnt ihr mich einladen.« Sie hielt inne, dann sagte sie: »Dann können *Sie* mich einladen.« Das breite Grinsen galt Stallitzer.

Wenig später saßen sie an einem Tisch vor dem Hotel. Das Nette war, dass man im Sommer auch draußen sitzen konnte.

Stallitzer hatte einen weiteren Cappuccino vor sich stehen, Wagner hatte sich am Frühstücksbuffet bedient und vier Nürnberger Würstchen und ein bisschen Rührei gewählt. Katharina hatte sich den Teller vollgeladen, als ob sie das Wahl-Prinzip nicht verstanden hätte, welches das Wort »Buffet« implizierte.

»Das mit den Handys verstehe ich nicht«, brummte sie mit halb geschlossenem Mund, da sie parallel zur Wortdarbietung noch kaute.

»Was verstehen Sie daran nicht?«, wollte Wagner wissen.

Katharina sah ihn an, dann flüsterte sie, gerade so laut, dass Stallitzer es dennoch hören sollte. »Können wir das mit dem blöden ›Sie‹ nicht lassen?«

Paul Wagner zuckte nur mit den Schultern. Ihm war das nicht wichtig. »Klar. Ich bin Paul.«

»Super! Ich bin Katharina.« Sie schielte zu Stallitzer, aber der reagierte nicht.

»Es ist heutzutage irgendwie völlig sinnlos, ein Handy zu klauen«, kam Katharina auf das ursprüngliche Thema zurück. »Die sind alle gesichert, entweder über Fingerabdrücke oder über Gesichtserkennung.«

»Na ja, kann man doch einfach zurücksetzen? Oder?«

»Nun, wenn man sie zurücksetzen will, dann muss man das ebenfalls mit seinem Fingerabdruck oder seinem Gesicht bestätigen. Ist alles nicht mehr so wie früher, SIM-Karte raus, neue SIM-Karte rein – und, jupdihu, los geht's mit dem neuen Phone.«

»Was schließen Sie daraus?«, fragte nun Stallitzer, die Stimme ganz sachlich.

»Ich kann mir keinen Reim drauf machen. Entweder haben die Diebe einfach nur in irgendwelche Taschen gegriffen und das genommen, was sie gefunden haben. Wenn sie aber auch nur eine Minute beobachtet haben, wer wo an seinem Körper welchen Wertgegenstand hat, also Portemonnaie, Bauchtasche, Handy – da hätte man schon gezielter zugreifen können.«

»Das beantwortet meine Frage nicht. Was schließen Sie daraus?«

Katharina schob sich ein Stück Lachs mit Frischkäse in den Mund. Also eigentlich waren es eher drei Stück Lachs mit einer halben Packung Frischkäse. Sie kaute zunächst so, dass die folgenden Worte kaum verständlich waren: »Ich kann es mir nicht erklären. Ganz einfach. Ich glaube aber nicht, dass es keine Erklärung gibt. Auch wenn wir diese Erklärung im Moment nicht begreifen.«

Wagner sah, wie Stallitzer nickte. Offensichtlich schien ihm ein ähnlicher Gedanke ebenfalls durch den Kopf gegangen zu sein.

Katharinas Teller war leer. Sie stand auf und sagte: »Ich hole mir noch etwas.«

Stallitzer machte eine gönnerhafte Handbewegung.

»Die scheint echt fit zu sein«, sagte Wagner zu seinem Kollegen.

»Ja. Und anstrengend. Aber mehr fit als anstrengend.«

Katharina hatte zwei vollgeladene Teller des Frühstücksbuffets gegessen. Der Preis für dieses Buffet war, um es freundlich auszudrücken, weit oben angesiedelt, aber die Speisen zumindest sehr lecker. Paul Wagner freute es ein wenig, dass sie wenigstens bei Katharina Hochnagel ein Minus-Geschäft gemacht hatten. Was sofort durch ihn selbst und Stallitzer ausgeglichen worden war.

Dann klingelte Stallitzers Handy.

Der schaltete das Mobiltelefon sofort auf Lautsprecher, denn es wurde nur eine Nummer angezeigt, aber kein Name. Wer da anrief, zählte nicht zu Stallitzers Kontakten. Musste wohl jemand aus dem Suchtrupp sein. »Stallitzer?«

»Hallo. Hier ist die Susanne. Also Susanne Kraft. Ich gehöre zu den Studenten, die die gestohlenen Gegenstände suchen.«

»Haben Sie etwas gefunden?«

»Ja. Vielleicht kommen Sie einfach zu uns. Wir sind im Prinz-Georg-Garten.«

»Wo dort?«

»An den Büschen vor den Gewächshäusern.«

Stallitzer und Paul Wagner gingen durch den Herrngarten. Er war der größte und älteste Park der Stadt. Seine Wurzeln reichten bis zum 16. Jahrhundert zurück. Damals wurde er aus mehreren kleinen Gärten und drei größeren zusammengelegt.

»Ist schon schön hier«, sagte Paul Wagner.

Stallitzer kannte den Tonfall. Der Satz war nichts weiter als eine Ouvertüre für irgendeine Lilien-Anekdote, die Wagner gleich vom Stapel lassen würde.

»Wusstest du eigentlich, dass der Prinz-Georg-Garten im Gegensatz zum Herrngarten noch fast genauso aussieht, wie er damals angelegt wurde? Also im Rokoko? Mit Rasenflächen, Fontänen, Rabatten und Sonnenuhren.«

»Nein, wusste ich nicht«, sagte Stallitzer und hoffte, dass Wagner die Geschichte möglichst schnell hinter sich bringen würde.

»Ganz traditionell wurde der Garten schon immer auch als Nutzgarten verwendet. Kartoffeln, Möhren, Kohlrabi, Minze und Lavendel wachsen hier überall. Also, sie werden hier angebaut.«

Stallitzer seufzte leise. Sie wendeten sich vom Weg nach rechts in Richtung des an den Herrngarten angrenzenden Prinz-Georg-Gartens.

»Und, schau, dort«, begeisterte sich Paul Wagner und zeigte mit dem Finger in Richtung des Prinz-Georg-Palais. »In diesem kleinen Schlösschen ist eine der schönsten Porzellansammlungen zu sehen. Geht auf den Großherzog Ernst Ludwig zurück.«

Stallitzer nickte, sah sich aber im Garten um. Dort, wo die Gewächshäuser standen, erwarteten sie zwei der Studenten und winkten ihnen schon zu.

»Apropos Porzellan: Wusstest du, dass es im Lilien-Fanshop jetzt auch eine echte Porzellantasse gibt? Also nicht so blödes Keramik. Sondern richtiges Porzellan mit einer weißen Lilie. Die ist sogar eingraviert und nicht nur aufgedruckt. Ist superschön. Kostet keine 16 Euro.«

Okay, damit war Paul Wagner bei der Pointe mit der Lilie angekommen. Die Geschichte war zu Ende. War er noch einmal billig davongekommen. Unter 30 Sekunden. Dieses Mal. Stallitzer winkte den beiden zurück. Zwei Minuten später hatten sie sie erreicht.

Neben Susanne Kraft stand ein junger Mann: »Ich bin der Thilo.«

Stallitzer nickte den beiden zu. Und Wagner schien immer noch in seine Lilien-Gedankenwelt versunken.

Susanne Kraft hielt eine braune Rewe-Papiertüte in den Latex-behandschuhten Fingern. »Ich hab nichts angefasst«, verteidigte sie sich, obwohl niemand sie angriff.

Stallitzer war das Format der Tüte vertraut. Vor jeder Kasse des Lebensmittel-Anbieters fanden sich diese Tüten in zwei Größen: der kleinen und der großen Variante. Susanne hielt die voluminöse in ihrer Hand. »Was befindet sich denn in der Tüte?«

Thilo schaltete sich ein: »Also, da sind die vermissten Handys. Und Portemonnaies. Ich glaube, da hat jemand die gesamten Überbleibsel seiner Beutezüge in eine Tüte gepackt und abgelegt.«

»Wo genau war das?«

Susanne zeigte in die Büsche, die die Gewächshäuser vom Weg abschirmten. »Dahinten. Da lagen sie. Waren sogar mit ein bisschen Gestrüpp abgeschirmt. Also, da musste man schon dreimal hinschauen, um die Tüte zu entdecken.«

Stallitzer streifte sich ebenfalls zwei Latexhandschuhe über die Hände. Die hatte ihm Katharina zuvor noch in die Hand gedrückt. Also eher in einem kleinen Papiertütchen überreicht. Latexhandschuhe zur Spurenvermeidung »in die Hand drücken« – das wäre wohl kontraproduktiv, wenn nicht gar blödsinnig gewesen.

Stallitzer warf einen Blick in die Tüte. Er wäre eine hohe Wette eingegangen, dass er hier das Ergebnis des gesamten Beutezugs auf der Aufstiegsfeier minus Geld und Schmuck in der Hand hielt. Er wählte Katharinas Handynummer: »Ich glaube, wir können gleich abbrechen. Wir haben eine Tüte gefunden, in der sich anscheinend das gesamte Diebesgut befindet. Wir bringen das jetzt zur Polizei. In 45 Minuten melde ich mich bei Ihnen.«

Katharina antwortete: »Gut, dann breche ich noch nicht ab. Im schlimmsten Fall läuft der Rest der Truppe 45 Minuten umsonst in der Landschaft herum. Aber auch dann ist der Stundenlohn immer noch sehr akzeptabel.«

Stallitzer verabschiedete sich von den Studenten und ging mit Wagner im Schlepptau zum ersten Polizeirevier in der Bismarkstraße vor dem Willy-Brandt-Platz. 15 Minuten, nachdem Stallitzer die Tüte in Empfang genommen hatte, lag ihr Inhalt schon ausgebreitet auf einem Tisch im Raum des Erkennungsdienstes.

Der junge Polizist am Empfangstresen wollte zunächst das ganze bürokratische Prozedere durchlaufen, doch zum Glück war wenige Sekunden später auch Konstantin Böhringer vor Ort erschienen. Stallitzer hatte ihn auf seinem Handy angerufen. Und Böhringer arbeitete in diesem Präsidium.

Stallitzer, Wagner und Böhringer waren allein im Raum. Und so konnte Stallitzer die von ihm angefertigte und ausgedruckte Liste aus der Tasche ziehen, ohne irgendwelche fragenden Gesichter hervorzurufen.

Stallitzer las Stück für Stück, welche Gegenstände aufgeführt waren. Böhringer glich das mit den Dingen auf dem Tisch ab. Dann wanderte jeder Artikel in eine Plastiktüte, bekam eine Nummer, die Stallitzer auf seiner Liste ebenfalls eintrug. Nach 20 Minuten waren sie durch. Es war genau so, wie Stallitzer es vermutet hatte. Also fast so, wie er es vermutet hatte: Alle Portemonnaies und alle Handys hatten sich in der Tüte gefunden, sogar die Schmuckstücke. Nur eines fehlte: der Inhalt der Bauchtasche von Richard Fenske. Kein Pass. Keine Taschentücher. Keine Lilie. Und, natürlich, auch keine Kondome.

Zeit für eine Zwischenbilanz.

Natürlich hatte Wagners Freund Richard Fenske schon am Morgen angerufen und gefragt, ob es bereits irgendwelche relevanten Ergebnisse gäbe. Gab es aber nicht.

Doch jetzt war es Mittag, und es gab Neuigkeiten.

Sie hatten sich zu dritt im Restaurant Delfino getroffen, einem ausgezeichneten Italiener unweit des Darmstädter Badesees Woog.

»Also, was könnt ihr mir sagen?«

»Wir können dir sagen, dass der Inhalt deiner Bauchtasche fort ist«, sagte Paul Wagner zu seinem Freund.

»Danke, aber das ist für mich nichts Neues.«

Stallitzer übernahm: »Doch, das ist was Neues. Denn, Herr Fenske, nur der Inhalt *Ihrer* Bauchtasche ist verschwunden. Es gab während der Aufstiegsfeier innerhalb von nicht einmal einer halben Stunde über 20 Taschendiebstähle. Alle nach demselben Muster. Es sind mehrere Bauchtaschen von unten aufgeschnitten worden. Und wir haben alles wiedergefunden, in einem

Gebüsch. In einer Tüte. Abgesehen vom jeweiligen Bargeld aus den Taschen. Was jedoch fehlte: der Inhalt Ihrer Tasche. Und das ist schon ein bisschen seltsam.«

»Bringt euch das weiter?«

Paul Wagner sagte: »Na ja, am Anfang sind wir davon ausgegangen, dass nur du bestohlen worden bist. Wegen deiner Lilie. Dann haben wir von den anderen Diebstählen erfahren. Und damit erschien es absolut unwahrscheinlich, dass es jemand auf dich abgesehen hatte. Und jetzt? Jetzt haben wir alles wiedergefunden, nur deine Sachen sind weiterhin verschollen.«

»Also hatte es doch jemand auf mich abgesehen?«

Tania servierte den drei Männern das Essen. Alle drei hatten sich für eine Pizza entschieden.

»Dafür spricht, dass deine Sachen nicht wieder aufgetaucht sind. Dagegen spricht, dass auch alle anderen Bauchtaschen nach demselben Muster aufgeschlitzt worden sind. Das macht irgendwie überhaupt keinen Sinn.«

Fenske kaute auf dem ersten Stück seiner Pizza. »Und jetzt?«

»Jetzt werden Paul und ich uns nach dem Essen zusammensetzen und überlegen, wie es weitergeht.«

Sie saßen in seinem klimatisierten Büro und überlegten, wie sie nun weiter vorgehen sollten. Wagner und Stallitzer war schnell klar geworden, dass sie mehr Informationen brauchten, wie diese Taschendiebstähle vorgenommen worden waren.

Stallitzer hatte gespürt, dass er im alten Denken verhaftet war. Er hatte gegenüber Paul Wagner bedauert, dass es schade wäre, dass es keine Überwachungstechnik am Karolinenplatz gab. Luisenplatz, das wäre der richtige Tatort gewesen, da waren genug Kameras vorhanden, um jeden Hundehalter des Wildkackens seines Tieres ohne Tütchenbemühen überführen zu können.

Paul Wagner hatte Stallitzer zugehört, aber dann breit gegrinst: »Was willst du denn mit diesen vorsintflutlichen Kameras auf den öffentlichen Plätzen? Heute gibt es überall Kameras mit HD- oder sogar 4K-Auflösung.«

Stallitzer hatte zunächst gefragt, was denn bitte schön 4K bedeutete.

»Scharf wie im Kino«, hatte der geantwortet.

Auch danach hatte Stallitzer auf dem Schlauch gestanden: »Wo sollen diese Aufnahmen herkommen?«

»Na, von jedem Handy. Jeder, wirklich ohne Ausnahme jeder, hat auf dieser Aufstiegsfeier Fotos und Videos gemacht. Diese Veranstaltung ist so was von gut dokumentiert.«

Da hatte Stallitzer Wagner Recht geben müssen. Aus dieser Perspektive hatte er es noch gar nicht betrachtet. »Okay. Wir haben also eine perfekte Dokumentation. Aber nicht wir haben sie, sondern die Handybesitzer. Und wie sollen wir da jetzt drankommen? Jedem einen Brief schreiben? Das scheitert wohl daran, dass wir noch nicht mal die Namen der Leute haben.«

»Stalli, Stalli, du bist echt süß, wenn du so *old school* bist. Sagt dir der Begriff *Social Media* etwas?«

Natürlich kannte auch er, Stallitzer, Facebook, Instagram, Twitter und Co. »Und? Wie nutzen wir das?«

»Ganz einfach: Wir wissen, aus welchem Zeitraum und von welchem Ort wir Fotos und Videos benötigen. Also machen wir einfach einen Aufruf in den sozialen Medien. Alle Menschen, die dort irgendwas aufgenommen haben, sollen es uns schicken. Und dann werden wir unsere Taschendiebe schon finden.«

»Klingt wie ein guter Gedanke. Und wie kommen die Fotos und Videos zu uns?«

Während der letzten drei Minuten, die sie miteinander gesprochen hatten, hatte Paul Wagner bereits parallel mit seinen Fingern die Tastatur bearbeitet und die Maus zu einem Halbmarathon auf dem Schreibtisch bewegt. »Schon erledigt, ich habe auf unserem Server eine Plattform eingerichtet, auf die jeder Fotos und Videos hochladen kann.«

»Respekt«, sagte Stallitzer und meinte es aufrichtig. »Und wie kommen wir jetzt an die Videos und Fotos heran? Also an die Leute, die diese Videos und Fotos gemacht haben?«

Das war der Moment, in dem Paul Wagner schwieg. Tja, wie kamen sie da dran?

Stallitzer war sich bewusst, dass die Antwort »Social Media« lautete. Er hatte aber keine Ahnung, wie er Social Media dazu bewegen sollte, dass Menschen ihr Foto- und Videomaterial auf den von Wagner eingerichteten Server luden.

»Also, ich würde da jetzt mal auf Instagram was posten«, sagte Wagner.

»Wo?«

»Insta eben. Kennst du nicht.«

»Kennen tu ich das schon. Aber ich meine das als echte Frage. Wo willst du einen Aufruf posten?«

Paul Wagner sah ziemlich verschnupft drein. Das war der Moment, in dem Stallitzer die Erkenntnis wie ein Lichtbogen ereilte: Er war der Opa, wenn es um Social Media ging. Aber Wagner war auch nicht viel mehr als ein entfernter Verwandter wie zum Beispiel ein Vater.

Wer sich wirklich hundertprozentig sicher in diesem Metier bewegen konnte, das war eigentlich nur eine, die sie beide kannten: Katharina Hochnagel.

Stallitzer griff zum Handy und rief abermals die Nummer der jungen Frau an.

Eine halbe Stunde später saßen sie erneut im Biergarten: Katharina Hochnagel, Paul Wagner und Helmut Stallitzer. Stallitzer hatte eine Runde alkoholfreie Getränke ausgegeben. Bei den Temperaturen war es geboten, die Gläser schnell auszutrinken, denn sonst würde deren Inhalt einfach blitzschnell verdunsten.

Wagner und Stallitzer hatten der jungen Dame die Problematik erklärt. Und Wagner hatte ihr bereits die Internet-Adresse des Upload-Portals für Bilder und Videos zugeschickt.

Katharina hatte ihr Tablet auf dem Tisch aufgestellt und tippte fleißig auf der Bildschirmtastatur.

»Gibt es hier WLAN?«, fragte Stallitzer.

Katharina sagte: »Nein.«

Stallitzer sah Wagner fragend an. Der soufflierte: »Sie hat eine SIM-Karte in ihrem Tablet.«

Katharina daddelte ungerührt weiter auf der Tastatur, während sie sagte: »Nein, habe ich nicht. Mein Handy dient als Hotspot.«

Wagner wollte Stallitzer erklären, was damit gemeint war, aber der winkte nur ab. Sie saßen für ein paar Minuten schweigend am Tisch. Katharinas Hände flogen über den Touchscreen.

»Äh, können wir dich irgendwie unterstützen?«

Die junge Frau sagte nichts, hob aber kurz abwehrend die Hand. Es dauerte noch weitere zehn Minuten, in denen sich Stallitzer noch ein richtiges Bier holte. Dann sagte Katharina: »So. Der Tsunami kann kommen. Könnte ich noch eine Cola haben?«

Wagner sah Stallitzer an, dann erhob er sich und holte für die Dame eine weitere Cola. »Habe ich was verpasst?«

Katharina lächelte ihn zuckersüß an. »Nein, ich habe gewartet, bis die Cola da ist.«

»Und was hast du jetzt gemacht?«

»Wie heißt es so schön: Ich habe die Kanäle in den sozialen Medien bespielt. Posts erstellt, diese in bestimmten Gruppen geteilt und die Lilien gebeten, den kleinen Text, den ich verfasst habe, auch auf all ihren Plattformen zu veröffentlichen.«

»Welchen Text?«

Katharina las vor: »›Am Montag bei der Aufstiegsfeier gab es über 20 Taschendiebstähle. Geht gar nicht! Wir Lilien-Fans sind eine Familie! Da klaut man nicht. Um den oder die Übeltäter zu finden, bitten wir euch, wenn ihr im vorderen Drittel der Zuschauermenge gestanden habt, eure Bilder und Videos unter folgendem Link hochzuladen. Helft alle mit, den oder die Täter zu finden!‹ Das ist der Text.« Katharina tippte auf ihr Tablet. »Geht schon durch die Decke ...«

Wagner griff zu seinem Handy, rief den Browser auf und darin das von ihm eingerichtete Portal. Einige Dateien waren bereits hochgeladen worden. Und auf Social Media war inzwischen eine Menge an Kommunikation im Gange. »Schau gleich mal nach, was ich da so habe« oder »Ich mach mich gleich dran« in zigfacher Ausfertigung konnte man schon lesen.

Sie prosteten einander zu. »Danke, du hast uns sehr geholfen«, sagte Stallitzer.

»Oh, ich werde euch noch sehr viel mehr helfen.«

Nicht nur Paul Wagner runzelte die Stirn, sondern auch der Kollege.

»Ich geh mal davon aus, wenn die letzten Lilien-Fans heute Feierabend haben, werdet ihr bis Mitternacht wahrscheinlich ein Terabyte Daten an Fotos und Videos haben.«

»Ja. Ist doch cool!«, freute sich Wagner. Und verstand nicht, wo das Problem liegen sollte. Er hatte vielmehr den Eindruck, gerade ein Problem gelöst zu haben.

»Und wie wollt ihr das auswerten? Also zu zweit, manuell?«

Paul Wagner erkannte seinen eigenen Denkfehler sofort. Wie gesagt, die IT-Ausrüstung von Wantrupp & Wantrupp war vom Feinsten. Und natürlich besaßen sie auch eine Software, mit der man Personen auf Fotos oder in Videodateien herausfiltern konnte. Doch zunächst brauchten sie dazu erst mal ein Gesicht. Und im Moment wussten sie gar nicht, wonach sie suchten. Wie hatte ihm dieser Lapsus nur unterlaufen können?

»Dürfen wir dann wieder auf deine Ressourcen zurückgreifen?«

Katharina lachte ihn an: »Gern.«

Paul Wagner stellte inzwischen in Gedanken bereits die Infrastruktur zusammen: Bei Wantrupp & Wantrupp gab es mehrere Besprechungsräume. Der Raum, der unmittelbar neben seinem eigenen Büro lag, erschien ihm als der geeignetste für das Projekt: Dort konnte man die Studentinnen und Studenten rund um einen großen Besprechungstisch gruppieren. Jedem stand ein Laptop zur Verfügung, der nicht über WLAN, sondern über Kabel an die IT angebunden war. Dieser Bereich der Firma war abgekoppelt von irgendwelchen Zugriffen von außen.

»Was genau braucht ihr?«, fragte Katharina.

Paul Wagner antwortete: »Zehn deiner Kommilitoninnen oder Kommilitonen. Fit am Rechner, aber das ist ja heute jeder, der jünger ist als 40. Das Wichtigste: Ausdauer, wenn sie sich die ganze Zeit Fotos und Videos anschauen müssen. Und so ein bisschen Spürsinn, damit sie das entdecken, was eben irgendwie auffällig ist, nicht ins Bild passt.«

»Alles klar«, antwortete Katharina.

»Und wir müssen das in unserem Büro in Frankfurt machen. Nur dort steht die nötige Infrastruktur zur Verfügung. Neun Uhr.« Wagner nannte die Adresse.

Katharina nickte nur. Dann begannen ihre Finger wieder flink über das Handy zu huschen. »Ich habe Hunger«, konstatierte sie trocken.

Nach kurzem Blickwechsel zwischen Wagner und Stallitzer erhob sich diesmal wieder Stallitzer. »Vegetarisch? Vegan?«

Katharina runzelte die Stirn. »Ich habe Hunger. Currywurst mit Pommes bitte. Mit viel Ketchup und Mayo. Danke.«

Stallitzer zog ab.

»Und du so? Hast du selbst irgendwas mit den Lilien zu tun? Warst du auch beim großen Aufstiegsspektakel dabei?«, fragte Katharina Wagner.

Diese Frage Paul Wagner zu stellen war ungefähr so, als ob man den Papst fragte, ob er katholisch sei. Wagner nestelte das Portemonnaie aus der Hosentasche, klappte es auf, entnahm ihm seinen Mitgliedsausweis des SV Darmstadt 98. Mehr musste er nicht sagen. Wenn jemand seinen Mitgliedsausweis ständig in der Brieftasche mit sich rumschleppte, in der ansonsten nur noch Führerschein und Personalausweis an Plastikkärtchen vorhanden waren, dann sagte das wohl alles.

»Okay, verstanden.«

Stallitzer kehrte mit dem blauen Pager an den Tisch zurück und stellte ihn direkt vor Katharina ab. Tatsächlich dauerte es keine zwei Minuten, bis das Gerät zum Leben erwachte. Katharina betrachtete die kleine elektronische Version eines Brummkreisels. Aber die Studentin regte sich nicht. Stallitzer sah zu Wagner, der blickte zurück.

»Tztztz – wohin sind sie verschwunden, die Gentlemen?«, fragte Katharina.

Paul Wagner erhob sich. Wenig später kam er mit dem Teller an den Tisch zurück. Irgendwo unter der rot-weißen Decke mussten sich die Pommes befinden.

Katharina aß schweigend.

Wagner versuchte, mit Stallitzer ein Gespräch zu beginnen, der nur auf Katharinas Teller starrte: »Weißt du, was der höchste Sieg der Lilien jemals gewesen ist?«

Stallitzer sagte nichts, schaute demonstrativ auf Pommes und Currywurst, wohl in dem Bemühen, sie mental schneller verschwinden zu lassen.

»Möö«, sagte Katharina kauend, obwohl sie gar nicht angesprochen gewesen war.

»10:0«, antwortete Wagner etwas lustlos, denn eigentlich hatte er das Gespräch mit seinem Kollegen gesucht. »30. August 1980 gegen Hemmersdorf. Erste Runde DFB-Pokal«, fügte er noch pflichtschuldig an.

Offensichtlich schien Stallitzers Hypnose von Wurst und Pommes zu funktionieren. Es dauerte keine vier Minuten, da war der Teller leer. Abgesehen von ein paar weiß-roten Sprenklern.

Katharina schob das Essgeschirr zur Seite und griff, noch bevor sie den letzten Bissen heruntergeschluckt hatte, zu ihrem Tablet. Sie tippte erneut auf dem Display herum und Wagner fragte sich, ob die Spur der Finger gleich an kleinen Mayo-Tupfern abzulesen wäre.

»Ich habe die Truppe zusammengestellt. Tagessatz pro Person 300, jede weitere angefangene Stunde 35 Euro. Plus Fahrtkosten. Für mich, die das alles hier organisiert hat, 200.«

200, dachte Wagner. Für ihren letzten Einsatz hatte sie 500 verlangt. Okay, da war sie aber auch mit vor Ort gewesen. Schien zu bedeuten, dass Katharina nicht die Notwendigkeit erachtete, auch morgen nach Frankfurt zu fahren. Sollte ihm recht sein.

»500«, hörte Wagner seinen Kollegen intervenieren. »Wir brauchen dich morgen vor Ort.«

»600.« Katharina schaute erwartungsvoll in Richtung seines Kollegen.

»Deal«, sagte Stallitzer mit etwas müder Stimme.

Sie erhob sich. »Danke für Speis und Trank, ansonsten: stets zu Diensten.«

Im gleichen Zeitraffer-Tempo, in dem sie die Speise vertilgt hatte, war sie auch schon verschwunden.

»Ich könnte mir vorstellen, dass eine Beziehung mit dieser jungen Frau sich als etwas anstrengend erweisen könnte«, seufzte Stallitzer und erhob sich.

»Du gehst auch?«

»Ich fahre jetzt nach Hause. Morgen um neun im Büro. Mal schauen, wie viele Leute uns Fotos und Videos geschickt haben.«

# DONNERSTAG

Zehn Minuten nach neun Uhr startete das Projekt »Finde den Taschendieb!«. An dem großen, rechteckigen Besprechungstisch saßen 13 Menschen: die zehn Studentinnen, die Katharina organisiert hatte, Katharina Hochnagel höchstselbst, Paul Wagner und Helmut Stallitzer.

Noch am Vorabend gegen 23 Uhr hatte Paul Wagner sich das Portal für die Fotos und Videos angeschaut. Er hatte seinen Augen nicht getraut: Über 4.000 Fotos und an die 1.000 Videos waren hochgeladen worden. Als er am Morgen gegen acht Uhr angefangen hatte, den Sitzungsraum einzurichten, die Laptops hochzufahren, kurz, die gesamte Logistik für den Vormittag vorzubereiten, waren es bereits 1.300 Videos und fast 5.000 Fotos.

Dunkel erinnerte sich Wagner daran, wie er 1994 zu seiner Konfirmation von seinem Opa eine Canon EOS-1 geschenkt bekommen hatte, mit einem Vierfach-Zoomobjektiv. Sein Opa war Fotograf gewesen und hatte stets nur das Beste vom Besten der damaligen Kameratechnik sein Eigen genannt. Die EOS war eine Kamera für Profifotografen, das Objektiv sehr lichtstark. Opa hatte auch noch zehn 36er Filme draufgelegt. Was 360 Diapositive bedeutet hatte.

Was ihm damals wie ein unermesslicher Schatz vorgekommen war, war nicht mal 1/15 dessen, was innerhalb von wenigen Stunden nun auf die Server hochgeladen worden war. Nur an Fotos. Als er im Jahre 2000 eine kleine digitale Canon Ixus gekauft hatte, wurde die EOS-1 in Rente geschickt. Und er hatte immer noch zwei Diafilme übrig ...

Katharina Hochnagel hatte also absolut recht gehabt: Ganz allein hätten Stallitzer und er das bestimmt nie begutachten und bewerten können.

Wagner hatte die Fotos nach ihrem Zeitstempel sortiert auf sieben Ordner verteilt. Je eine der Studentinnen widmete sich einem der Ordner. Katharina hatte bei der Organisation ganze Arbeit geleistet: Alle hatten ein kleines Namensschildchen am Revers beziehungsweise am T-Shirt. Sieben Damen trugen alles, was ihnen auffiel, in ein Word Dokument ein, alle in dasselbe, das sie gleichzeitig bearbeiteten. Studentin Nummer acht oblag es, das, was ihre Kommilitoninnen eingaben, in ein zweites Dokument zu übertragen und gleichzeitig sinnvoll zu gliedern. Diese Dame fiel Paul Wagner auf, denn sie war ganz offensichtlich zehn Jahre älter als die anderen. 35 schätzte Wagner. Womit sie auch älter als Katharina war. Auf ihrem Namensschildchen stand Vera Bäumler. Sie hatte ein eher schmales Gesicht und eine aristokratisch gerade Nase. Sie trug ihr volles brünettes Haar offen, und Wagner registrierte auch ihre braunen Augen. Dann bemerkte er, dass er das *alles* registrierte.

Als er gemeinsam mit Stallitzer sieben Jahre zuvor Jagd auf den Bembler-Pokal gemacht hatte, hatte er seine heutige Exfreundin Nikola Reibert kennengelernt. Eine beiderseitige große Anziehung gepaart mit beider Begeisterung für die Lilien hatte sie zusammengebracht. Doch nach sehr kurzer Zeit, nach nicht einmal einer Spielsaison, hatte sich herausgestellt, dass die Menge an Gemeinsamkeiten eher übersichtlich gewesen war. Sie liebte Klassik, er liebte Rock. Sie liebte Sport, er seinen Fernseher. Sie zog es zum Wandern in die Berge, ihn ans Meer. Sie liebte Pilcher, er liebte Krimis. Sie wollte Kinder, er wollte keine. Hätten sie wohl besser zuvor mal einen Persönlichkeitstest auf einer Dating-Plattform gemacht... Natürlich hatte er danach immer wieder kurze Affären gehabt, aber keine ernstzunehmende Beziehung mehr.

Was Paul Wagner nicht bedacht hatte, und was Katharina ihm auch nicht gesagt hatte, war, dass natürlich nicht alle den Wunsch befolgten, ihre Fotos und Videos auf die Plattform hochzuladen. Viele hatten auch einfach Katharinas Text mit Kommentaren versehen und auf den jeweiligen Internetplattformen Bilder und Videos geschickt. Katharina sorgte dafür, auch diese Medien zu speichern und auf das Portal zu überführen.

Studentin neun und zehn widmeten sich eben jenen Kommentaren. Denn vielleicht hatte ja irgendjemand direkt irgendetwas Besonderes oder Verdächtiges beschrieben.

»Jemand Kaffee?«, wollte Stallitzer wissen. Seine Art, sich nützlich zu machen. Sechs Arme reckten sich in die Höhe, darunter auch Katharinas.

Wagners Job war es, das Dokument, das Vera Bäumler anlegte, kontinuierlich im Blick zu behalten. Doch zuvor schaute er den beiden Studentinnen über die Schulter, die die Kommentare in der Facebook-Gruppe und dem Telegram-Chat gepostet hatten. Sie alle trugen die gleiche Färbung: Entsetzen darüber, dass sich Lilien-Fans offensichtlich beklauen statt sich beizustehen. Bei einigen Kommentaren musste Wagner schmunzeln: »Hätt' nicht gedacht, dass ich den Bullen mal helfe!« – gefolgt von einem Grinse-Smiley. Oder: »Den kriegen wir schon! Echt Lilien-like die Aktion!«

Paul Wagner setzte sich an seinen Platz und warf einen Blick auf das Dokument, das Vera Bäumler erstellt hatte. Er folgte dem, was sie tippte. Und keine Viertelstunde, nachdem sie mit der Sichtung der Dateien begonnen hatten, rief Paul Wagner: »Stopp!«

Jede der die Fotos sichtenden Studentinnen hatte mindestens einmal dasselbe geschrieben: »Blauer Hoody«.

Paul Wagner verließ das Büro und ging in die IT-Abteilung. Früher hatte er dort selbst sehr viel Zeit verbracht, seit er die Detektei leitete, waren die Besuche seltener geworden.

Sein bester Mann war – eine Frau. Nathalie Ramsauer – nicht verwandt oder verschwägert mit dem gleichnamigen Bundestagsabgeordneten und ehemaligen Verkehrsminister – schien sich von Bits und Bytes zu ernähren. Sie war gertenschlank, hatte lange, schmale Finger. Das linke Bein war drei Zentimeter kürzer als das rechte, weshalb sie ihr Leben lang irgendwelche Orthesen tragen musste. Als sie zehn Jahre alt geworden war, wurde der Commodore C 64 ihr bester Freund. Mit elf hatte sie ihre erste Textverarbeitung programmiert, mit der sie ab diesem Zeitpunkt auch jegliche schulischen Arbeiten abgegeben hatte. Sie hatte in der Schule ein Jahr übersprungen und war später Deutschlands jüngste promovierte Informatikerin. Mit ihren 1,83 Metern bei 60 Kilo und ohne Brille war sie der komplette Gegenentwurf zum übergewichtigen IT-Nerd, der in fast allen amerikanischen Filmen kursierte.

Paul Wagner hatte sie einmal zufällig im Frankfurter Palmengarten getroffen. Sie hatte auf einer Bank gesessen und ein Buch in der Hand gehalten. Über Steve Jobs – einem der Gründer von Apple. Sie las natürlich die Originalversion auf Englisch »I, Steve«. Er hatte sie damals angesprochen – Apple war ein Thema, über das er sich gern unterhielt. Nathalie hatte ihm gesagt, dass sie soeben von ihrer Firma nach London versetzt werden sollte. PA-Consulting, die gerade ihre Büros in Deutschland schlossen. Keine zehn Minuten später hatte Nathalie Ramsauer einen neuen Job und Wagner das Problem gelöst, wem er die Leitung der IT-Abteilung übergeben sollte.

Nathalie hatte ihm geholfen, die IT-Struktur für das heutige Unterfangen aufzusetzen. Dementsprechend verwundert war sie, als Paul Wagner sie bereits wenige Minuten, nachdem die Studentinnen mit ihrem Job angefangen hatten, in ihrem Büro besuchte. »Paul, was machst du denn hier?«

Der berichtete kurz, dass sie bereits nach den ersten Sichtungen auf eine markante Auffälligkeit gestoßen waren: den Mann im blauen Hoody.

Wagner hatte dafür gesorgt, dass jeder Kommentar der Studentinnen zu irgendeinem Bild oder Video automatisch mit einem Link auf die entsprechende Datei versehen worden war.

Und so schauten sich Wagner und Nathalie ein paar Bilder an, auf denen der Mann im blauen Hoody zu sehen war. Ein blauer Hoody auf einer Veranstaltung der Lilien war nicht ungewöhnlich. Grundsätzlich. Aber wenn die Temperatur auf dem schattenlosen Karolinenplatz deutlich über der 30-Grad-Marke lag, dann war so ein Hoody schon ein Kuriosum.

»Der wollte nicht erkannt werden«, sagte Nathalie Ramsauer. Und sprach damit das Offensichtliche aus. Denn der Kerl hatte die Kapuze des Hoodies über den Kopf gezogen, so weit nach vorn, dass sein Gesicht auf keinem Bild wirklich zu erkennen gewesen wäre.

Nathalie Ramsauer war auch die Königin der Bilderkennungssoftware. Sie wusste genau, welche Fotografie oder welchen Ausschnitt aus einem Video sie wählen musste, um die entsprechende Person auch in anderen Videos oder Fotos wiederzufinden. Und sie vermochte auch die adäquate Software perfekt zu bedienen. Genau genommen war sie es gewesen, die Paul Wagner zur Anschaffung eines solchen Equipments überredet hatte. Billig war es nicht gewesen, aber nun schien es sich auszuzahlen.

»Ich lasse das Programm zunächst mal über die Bilder drüberlaufen«, sagte Nathalie. »Bei den Videos dauert das ein bisschen länger. Mal sehen, was wir so schon erreichen.«

Nathalie rief die entsprechende Software auf. Dann huschten ihre Finger so schnell über die Tastatur, lenkten die Maus mit einem Stakkato von Klicks über die Benutzeroberfläche, dass selbst Paul Wagner kapitulierte. Er musste gestehen, dass er nicht wirklich verstand, was die Frau neben ihm da gerade zum Laufen gebracht hatte.

Nathalie Ramsauer hatte Paul Wagners Stellenofferte gern angenommen. Und ihr war bewusst gewesen, dass eine kleine Firma wie Wantrupp & Wantrupp ihr nicht im Entferntesten ein Gehalt würde zahlen können, wie es zuvor das britische Beratungsunternehmen getan hatte. »Herr Wagner, bei meinem Gehalt können Sie mich herunterhandeln. Aber ich wünsche mir keine stundenlangen Diskussionen mit Ihnen, welches Rechner-Equipment wir für unsere Aufgaben brauchen. Wenn Sie das, was Sie beim Gehalt für mich sparen, in eine entsprechende IT-Struktur investieren – was Sie im ersten Jahr sicher teurer kommt, als wenn Sie mich nicht einstellen würden –, dann werde ich bei Ihnen arbeiten. Wenn Sie sich dort aber knausrig zeigen, dann bin ich schneller weg, als ich zu Ihnen gekommen bin. Sie werden nicht immer alles verstehen müssen, auf was ich bestehe. Aber ich kann Ihnen versichern, es ist immer die effizienteste Lösung.« Wagner erinnerte sich gut an diese Worte. Und auch an den Herzinfarkt, den er fast erlitten hätte, als Nathalie Ramsauer ihm den ersten Wunschzettel präsentiert hatte.

Aber jetzt, genau in dieser Minute, verstand er, dass diese Euros über Euros sinnvoll investiertes Geld gewesen waren. Der Rechner hatte keine zwei Minuten gerödelt, und schon zeigte das Foto-Betrachtungsprogramm alle Fotos an, auf denen der Mann mit dem blauen Hoody eingefangen worden war. Alle Bilder waren in zwei Versionen zu sehen: einmal dem Originalbild und einmal einer Variante, in der der Mann über alle Bilder hinweg in etwa der gleichen Größe zu sehen war.

57. Das war die Anzahl der Bilder.

»Scheiße«, sagte Nathalie Ramsauer.

Und Paul Wagner wusste genau, worauf sie das bezog. Denn es war unzweifelhaft, dass es sich stets um denselben Mann handelte. Aber es war ebenso unzweifelhaft, dass auf keinem der Fotos sein Gesicht zu sehen war.

»Dann müssen wir jetzt an die Videos ran. Dauert ein bisschen länger.«

Abermals flogen Nathalie Ramsauers Finger über die Tastatur, die Maus wurde geschubst und gegängelt, dass man Angst haben musste, sie würde ein Schleudertrauma erleiden, wenn es so etwas bei Mäusen gab.

»Dauert jetzt ein bisschen länger, wie gesagt«, wiederholte Nathalie.

Paul Wagner richtete sich bereits darauf ein, nun bis zum Mittagessen Geduld beweisen zu müssen, doch die Software arbeitete wie unter Peitschenhieben zur Höchstleistung gedrillt: Es dauerte vier Minuten. Wobei natürlich die Anzahl der Videos auch geringer war. Dann hatte das Computerprogramm aus allen Videos die Sequenzen herausgefiltert, auf denen der Mann im blauen Hoody zu sehen war.

Nathalie rief irgendeinen Player auf, der all diese Sequenzen am Stück präsentierte. Zwölf waren es gewesen. Insgesamt dauerte die Vorstellung knapp 40 Sekunden. Der Mann war immer in Bewegung gewesen. Und auch auf den Videos war das Gesicht von Mr. blauer Hoody niemals zu erkennen. Hatte er richtig Schwein gehabt. Und ebenso deutlich war, wenn man wusste, worum es ging, dass er der Taschendieb war. Ein kleines Rempeln an der einen Seite, eine winzige Bewegung an der anderen Körperseite des Opfers – Hoody hatte zugeschlagen und war schon wieder weg, bevor es der Leidtragende auch nur im Ansatz bemerkt hatte.

»Irgendwelche anderen Verdächtigen?«, fragte Nathalie Ramsauer.

»Ich weiß es nicht. Lass uns in die Datei schauen, die Vera Bäumler angelegt hat.«

»Vera Bäumler?« Da Wagner neben Nathalie stand, musste diese nach oben schauen.

»Das ist die Studentin, die diese Datei erstellt.«

»Du stehst jetzt auf so jung?« Nathalie grinste breit.

»Nein, die ist vielleicht 35. Also für eine Studentin alt, aber …« Worüber redete er hier? Er sprach über Studentinnen, die sich hier ein kleines Zubrot verdienten. Er redete hier nicht über irgendwelche Menschen, zu denen er eine persönliche Beziehung pflegte. »… aber vielleicht gerne pflegen würde …«, flüsterte ihm eine leise Stimme in seinem Inneren zu.

Paul Wagner griff nach Nathalies Maus, klickte nun selbst herum und zauberte das Dokument von Vera Bäumler auf den Bildschirm. Noch 20-mal las er den Begriff »Blauer Hoody«. Aber keine andere Person war wirklich auffällig gewesen.

»Der ist es«, sagte Nathalie Ramsauer.

Als Paul Wagner wieder zurück in den Besprechungsraum ging, waren alle Studentinnen noch voll konzentriert bei der Arbeit. Vera Bäumler sah zu Wagner auf, schenkte ihm ein kurzes Lächeln, bevor ihr Blick wieder auf den Bildschirm fiel.

Wagner klatschte kurz in die Hände, dann sagte er: »Wir können hier aufhören. Sie haben Ihren Job wunderbar gemacht. Wir haben das gefunden, was wir suchen.«

»Aber es gibt trotzdem die volle Kohle, oder?«

»Ja, es gibt die volle Kohle. Selbstverständlich. Sie haben einen super Job gemacht. Das mit der Kohle regelt Katharina.«

Paul Wagner hatte Katharina bereits am frühen Vormittag die Tasche mit den Euro-Scheinen übergeben.

Die Studentinnen erhoben sich, verließen den Besprechungsraum. Stallitzer war schon nicht mehr da, er war offensichtlich in sein eigenes Büro gegangen.

»Kommt mit, ich gebe euch das Geld, und ihr quittiert es mir«, sagte Katharina, als sie als Erste den Raum verließ.

Eine blieb. Vera Bäumler.

»Ja?«, sagte Paul Wagner.

»Das waren doch alles Aufnahmen von der Aufstiegsfeier bei den Lilien.«

»Ja. Wieso fragen Sie?«

Ihr Lächeln bannte Wagner. »Ich war auch da. Aber nicht ganz vorn, sondern hinten. Haben Sie sich die Videos angeschaut?«

Wagner wusste, dass das eine rhetorische Frage war. Er hätte keine zehn Studentinnen engagieren müssen, wenn er sich die Videos selbst angeschaut hätte. »Nein, aber ich war auch dort«, antwortete er.

»War eine tolle Feier. Wenn ich auch mit den Bläsern nicht wirklich viel anfangen konnte…«

Da hatten sie etwas gemeinsam, wenn Wagner das auch jetzt nicht laut aussprach.

»Gehen Sie mit mir frühstücken? Außer dem Kaffee habe ich noch nicht wirklich viel zu mir genommen heute früh.«

Paul Wagner war ein wenig verblüfft, zögerte aber nicht. 20 Minuten später saßen sie in einem kleinen Café um die Ecke des Bürogebäudes. Vera hatte ein Frühstück gewählt mit zwei Brötchen, Butter, Marmelade, Käse, keine Wurst. Wagner hatte sich dem einfach angeschlossen.

»Wie kommt es, dass Sie auf die Aufstiegsfeier gegangen sind?«, fragte Paul Wagner.

»Hallo? Lilien-Fan seit mehr als 15 Jahren? Ich war auch bei der Aufstiegsfeier 2015!«

Und Wagner fragte sich, weshalb ihm damals diese Frau nicht aufgefallen war. Eine theoretische Frage. Damals wie heute hatten Tausende den Aufstieg gefeiert.

»Und das Wunder von Bielefeld – 2014 war ich auch im Tunnel. Ebenso 2011.«

Wagner grinste. Der Tunnel. Etwas, was er sehr schätzte: Wenn die Lilien in Darmstadt einen Riesenerfolg erzielt hatten, Aufstieg in die Zweite Liga, Aufstieg in die Erste Liga, dann pilgerten alle Fans zum Citytunnel. Der gehörte zum Cityring, einer Straßenumrundung der Darmstädter Innenstadt. Bei diesen Anlässen stürmten die Fans den Tunnel. Und Darmstadt ließ das zu. Die Polizei sperrte die Hauptstraßen, richtete Umleitungen ein und bewahrte die Menschen im Tunnel davor, von Autos überfahren zu werden. Stiegen die Lilien auf, egal von wo nach wo, gehörte der Tunnel den Lilien-Fans.

»Und wo warst du während dieser scheiß Corona-Zeit?«, fragte Vera.

»Wie meinst du das?«

In stillschweigendem Einverständnis waren sie zum ›Du‹ übergegangen.

»Na, wo warst du, als der Lockdown war? Als es nur noch Geisterspiele gab, ohne Zuschauer?«

»Äh, zu Hause?«

»Tztztz«, machte Vera.

»Wieso? Wo warst du denn?«

»Na, ganz gewiss nicht zu Hause.«

»Sondern?«

Vera grinste breit: »Montags, 26. April 2021. Spiel gegen Bochum. Alle Ränge im Bölle waren leer. Und wir haben uns Leitern besorgt, die wir vom Amato aus an den Zaun gelehnt hatten. Dann sind wir da hoch, acht, neun, zehn Fans, wie viel, weiß ich nicht mehr. Und wir haben unsere Mannschaft angefeuert. Aber so richtig. Das Problem dabei: Das Spiel wurde im Fernsehen live übertragen. Und im Fernseher hörte man die Spieler, die Trainer und die Offiziellen, wie sie lautstark ihre Kommentare abgaben. Kannte man ja schon. Das Blöde: In der ersten Halbzeit hörte man eben nicht nur diese wenigen Leute rufen und schreien, sondern auch uns. Wir waren auf dem Fernsehbildschirm nicht zu sehen, aber wir waren sehr, sehr deutlich zu hören. Und dieses Spiel ist natürlich auch im Polizeipräsidium gesehen worden. Und gehört. Ende vom Lied: In der Halbzeitpause kamen die Jungs in Blau an und sagten, dass wir gegen den Lockdown verstießen. Also mussten wir runter von den Leitern und verschwinden. Schade eigentlich. Aber zumindest haben wir damit Lilien-Fußballgeschichte geschrieben.«

Paul Wagner lachte seine Gegenüber an. Sie gefiel ihm. Sie gefiel ihm sehr. »Weshalb hat Katharina eigentlich dich für das heutige Projekt ausgesucht?«

»Na ja, ich bin in Katharinas WhatsApp-Gruppe. Sie schreibt in die Gruppe, dass an dem und dem Tag um die und die Uhrzeit Leute für dieses und jenes Projekt gesucht werden. Dann schreibt sie sogar die Eckdaten rein, also, was für uns rausspringt, und dann kann man antworten. Letztlich sucht sie die Leute aus. Würde ganz bestimmt keinen Bestand haben vor dem Anti-Korruptionsausschuss, aber egal. Die Jobs, die sie anbietet, die sind immer super. Vor allem super bezahlt.«

»Aber das sind doch alles Studentinnen und Studenten, die sie da in der Gruppe hat, oder?«

»Ja.«

Wagner verstand nicht ganz.

»Wieso ich in der Gruppe bin? Ganz einfach, ich bin auch Studentin.«

Paul Wagner sagte immer noch nichts, und Vera fuhr grinsend fort. »Ich habe mein Fachabi. Bin mit dem falschen Typen ins Bett gegangen. Habe einen Sohn, 14 Jahre alt. Alt genug, dass ich endlich die Chance habe, zu studieren. Was ich tue. An der Hochschule. Informatik. Und außerdem kenne ich Katharina. Aber nicht über die Uni. Mein Vater kommt aus Peru. Er spricht Spanisch und das ist auch meine zweite Muttersprache. Und Katharina spricht ebenfalls Spanisch. Und wir sind in einem kleinen literarischen Lesezirkel. Treffen uns einmal im Monat und sprechen über spanische Bücher.«

Ihre Hand fuhr über den Tisch und ergriff Wagners Hand. »Ich hätte allerdings nicht gedacht, dass mir der Job neben einem netten Sümmchen noch eine sehr sympathische Frühstücksbegleitung beschert.«

Paul Wagner war eher nicht so der spontane Typ. Und auch nicht so der Draufgänger. Er wusste um seine Stärken, Intellekt, Fähigkeit zur Deduktion, Pragmatik. Und er wusste um seine Schwächen. Da waren beispielsweise die Kilos zu viel auf den Rippen. Umso mehr war er erstaunt, ja fast schockiert, dass Vera Bäumlers Hand die seine suchte. Aber vielleicht war es genau das, was ihm nun den nötigen Mut verlieh.

»Klassik oder Rock?«

Vera grinste und wusste genau, worauf das hinauslief. »Rock.«

»Sport oder Fernseher?«

Vera grinste noch ein Stückchen breiter. »Fernseher. Ich hoffe, ich kicke mich jetzt nicht ins Aus.«

»Pilcher oder Krimi?«

»Definitiv Krimi.«

»Kinder oder keine?«

»Paul, Paul, Paul. Wenn du richtig zugehört hättest, wüsstest du, dass ich einen Sohn habe. Außerdem ist das unser erstes gemeinsames Frühstück. Und es ist ein Frühstück davor, definitiv nicht danach. Sollten wir solche Fragen nicht vielleicht erörtern, wenn wir vielleicht ein Davor gemeinsam erlebt haben?«

Verdammt. Wagner wurde rot. Wagner wurde richtig rot.

»Wo wohnst du eigentlich?«, wollte Vera dann von ihm wissen.

»Ich wohne in Darmstadt. Hab früher mal direkt im Woogsviertel gewohnt. Jetzt wohne ich nicht sehr weit davon entfernt, in der Erbacher Straße. Also um genau zu sein: in der Erbacher Straße 8.«

Vera strahlte ihn an. »Erbacher Straße 2. Und wir sind uns echt noch nie über den Weg gelaufen? Schicksal.«

Sie saßen in Richard Fenskes Büro. Ein geschmackvolles Büro mit Blick auf den Mathildenplatz. Stallitzer mochte den Löwenbrunnen. Was wenige wussten: Er war einmal das Wahrzeichen des Luisenplatzes und dessen Zentrum gewesen. Doch 20 Jahre, nachdem man ihn dort aufgestellt hatte, musste er weichen. Dem Ludwigsdenkmal auf dem Luisenplatz. Dann zog er unfreiwillig auf den Mathildenplatz. Zuletzt 2020 restauriert, erstrahlte er heute in neuer Würde.

Stallitzer mochte das Ambiente. Vor fünf Jahren war auch er nach Darmstadt gezogen. Im ehrwürdigen Bau des Ernst-Neufert-Hauses hatte er eine Zweizimmerwohnung gemietet. Am Fuße der Mathildenhöhe. Zehn Minuten zum Luisenplatz.

Zehn Minuten zum Oberfeld. Perfekt. Und letztlich auch mit einer leidlich guten Anbindung an Frankfurt.

»Wir haben inzwischen eine ganze Menge herausgefunden«, sagte Paul Wagner.

»Und was habt ihr herausgefunden?« Dieser Fenske wirkte auf Stallitzer nicht besonders sympathisch. Banker oder so was Ähnliches, wie Wagner ihm gesagt hatte. Durch und durch. Vom Lederschuh bis zum Haargel.

»Wir gehen davon aus, dass du kein Zufallsopfer warst, sondern dass du ganz bewusst ausgesucht worden bist. Es gibt nur einen Täter. Aber der hat zusätzlich 20 andere Menschen ausgeraubt. Wir sind aber der Meinung, ich bin der Meinung, dass die anderen Raube nur Nebelkerzen waren.«

»Wie kommt ihr darauf?«

»Wir haben im Prinz-Georg-Garten das gesamte Diebesgut in einer Tüte abgelegt gefunden. Das Einzige, was gefehlt hat, war das Bargeld. Alle Portemonnaies und auch die Handys befanden sich in dieser Tüte. Ebenso wie alle Scheckkarten, Führerscheine, Personalausweise et cetera.«

»Gut, dann gebt mir meine Sachen zurück.«

»Das ist ja genau das Seltsame: Das Einzige, was nicht in der Tüte war, waren eben jene Dinge, die der Dieb dir aus der Tasche geklaut hat.«

»Aber das ergibt doch überhaupt keinen Sinn.«

»Doch, es ergibt Sinn«, sagte Paul Wagner. »Aber wir erkennen ihn noch nicht. Deshalb sind wir ja jetzt da.«

»Um mich noch mal zu fragen, was alles in der Bauchtasche gewesen ist?«

»Jein. Wir wissen ja, was darin gewesen ist. Aber wir wollen noch mal nachfragen, was davon aus welchem Grund wichtig gewesen sein könnte.«

»Das kapiere ich nicht. Ich meine, du warst doch dabei bei der Polizei. Da habe ich doch schon alles erzählt.«

»Bitte lass mich das noch einmal Stück für Stück mit dir durchgehen.«

Stallitzer betrachtete die beiden Männer. Seinen Kollegen, auf den er wirklich große Stücke hielt. Wagner war ein unglaublich heller und schnell denkender Kopf. Dieser Richard Fenske war ihm weit weniger sympathisch. Wirkte eben durch und durch wie ein Banker. Mit denen hatte Stallitzer so seine persönlichen Erfahrungen, deswegen hatten die ohnehin kaum eine Chance, in den Olymp seiner Freunde aufgenommen zu werden.

»Also, noch mal: Was ist dir gestohlen worden?«

»Habe ich schon gesagt. 520 Euro im Portemonnaie. Weil ich eben unmittelbar vor der Aufstiegsfeier noch 500 Euro bar abgehoben habe. Nicht besonders schlau im Rückblick. Aber nichts Besonderes. Mache ich immer wieder mal.«

»Okay, und dein Handy?«

»Ist ein iPhone 14 Pro Max. Habe ich zwar alle meine Kontakte drauf und alle Termine im Kalender gespeichert. Aber das ist irrelevant, weil der Dieb darauf keinen Zugriff hat. Ist gesichert über eine PIN und über Face-ID. Wenn der Typ also kein eineiiger Zwilling von mir ist, von dem ich nichts weiß, dann kann er auf das Handy nicht zugreifen. Mal ganz abgesehen davon, dass der Akku kurz vor dem Aus war. War das Handy eigentlich mit in dieser Tüte, von der du erzählt hast?«

»Nein. Nichts von deinen Sachen war dabei.«

»Ich hatte der Polizei und damit auch dir schon von den Taschentüchern erzählt, die ich in meiner Bauchtasche hatte.«

»Und der Ausweis? Ich versuche gerade nur, wirklich jedem Hinweis nachzugehen.«

»Der Ausweis war mein Reisepass.«

»Erzähl das noch mal. Wieso ein Reisepass?«

»Ich habe immer ein gültiges Ausweispapier bei mir. Aber mein Perso war mir gestohlen worden. Ich weiß, ich hätte mir einen neuen besorgen müssen. Hatte ich aber noch nicht. Also habe ich den Reisepass eingesteckt.«

»Und war mit dem irgendetwas Besonderes?«

»Was Besonderes? Nun, er hat mir gefehlt. Gestern. Ich hätte nach Schottland fliegen sollen. Aber ohne Reisepass – keine Chance.«

»Schottland?«

»Ach, ich hatte dort einen Termin. Geschäftlich. Nicht ganz unwichtig. Aber ich konnte nicht nach Schottland fliegen. Ohne Reisepass keine Chance. Hat mir der Brexit einen Strich durch die Rechnung gemacht. Vor ein paar Jahren bin ich noch mit meinem Personalausweis nach Großbritannien geflogen. Aber das hat ja Obelix schon ziemlich treffend formuliert vor ein paar Jahrzehnten: Die spinnen, die Briten.«

»Und was genau wolltest du in Schottland?«

»Ist das jetzt wichtig?«

»Keine Ahnung. Aber du willst, dass wir deine Lilie wiederfinden. Insofern …«

»Ich hatte einen Termin bei einer schottischen Firma. Und es war richtig scheiße, dass ich dort nicht hingeflogen bin. Hat mich einen Vertrag gekostet.«

»Wir leben im Zeitalter von Post-Corona. War da nicht ein Zoom-Meeting möglich?«

»Nein. Es ging um eine Unterschrift unter einen Vertrag. An diesem Tag oder eben nicht. Aber, was soll das? Wir reden hier über einen Taschendiebstahl bei der Aufstiegsfeier. Was soll das mit Schottland zu tun haben?«

»Was für eine Unterschrift?«

»Paul, nerv nicht. Eine Unterschrift unter einen Vertrag, den auch die Geschäftsführerin unterzeichnet hat.«

»Und worum ging's da?«

»Sorry, Paul, da sind fette Konventionalstrafen angesagt. Wegen Geheimhaltung und so.« Richard Fenskes Stimme war kühl geworden. »Und es hat definitiv nichts mit diesem Schweinehund zu tun, der mir den Inhalt meines Bauchgurts geklaut hat.«

Woher willst du das wissen?, dachte Stallitzer.

»Wollen wir jetzt auch noch ernsthaft über die vier Kondome debattieren, die dieser Typ ebenfalls abgegriffen hat?«, ereiferte sich Fenske weiter.

»Ich glaube nicht«, sagte Paul Wagner.

Und auch Stallitzer spürte, dass sein Kollege, Freund von diesem Fenske, nicht zufrieden war mit dem Ergebnis des Gesprächs. Er hätte sich ein wenig mehr Kooperation erhofft.

»Guten Tag, mein Name ist Helmut Stallitzer von der Detektei Wantrupp & Wantrupp«, eröffnete Stallitzer das Gespräch mit dem Sekretariat im Büro von Richard Fenske. Er ging davon aus, dass die Sekretärin wusste, dass er die Detektei beauftragt hatte.

»Ah, Sie sind der Detektiv, den der Chef beauftragt hat. Haben Sie denn schon etwas Neues herausgefunden?«

Das lief schon mal nicht übel: Die Sekretärin fragte ihn nicht, wieso er nicht Fenske direkt anrief. »Wir haben ein paar vielversprechende Ansätze.« Sechs Worte, deren Informationsgehalt gleich null war. Und trotzdem klangen sie nach viel mehr. »Herr Fenske hatte für Mittwoch doch einen Flug nach Schottland gebucht, nicht wahr?«

»Ja, 10:55 Uhr mit der Lufthansa nach Edinburgh nonstop. Aber ohne Reisepass hatte er da natürlich keine Chance. Herzlichen Dank, Brexit.«

»Ja, das ist für die Wirtschaft eine Katastrophe«, stimmte Stallitzer der Dame, deren Namen er nicht kannte, zu. Dabei ging es ihm weniger darum, seine politische Ansicht kundzutun, als vielmehr jene der Dame zu bestärken. »Ich blättere gerade in meinem Notizbuch, und da habe ich aufgeschrieben, wohin er dort genau wollte. Aber zum einen hat meine Handschrift schon so manche Information in unlesbare Hieroglyphen verwandelt. Und diese Ortsnamen in Schottland …«

Das Lachen der Frau am anderen Ende der Leitung erklang glockenhell. »Ja! Und dann sprechen die auch immer alles ganz anders aus, als sie es schreiben. E-din-bo-ro – wie soll man darauf kommen, wenn Edinburgh geschrieben wird?«

»Und der Ort, wo er hinwollte – ich kann zwar nicht mehr entziffern, was ich da geschrieben habe, aber Edinburgh heißt es auf jeden Fall nicht«, lachte nun auch Stallitzer.

»Nein, er wollte zur Firma RigStuff nach Penicuik – mit ›c‹ in der Mitte und einem ›k‹ am Ende. Ja, und zwischen dem ›c‹ und dem ›k‹ ein ›ui‹. Wird aber auch ganz anders ausgesprochen, Pen-i-kuuk …«

»Ja! Ganz herzlichen Dank! Mit Ihrer Hilfe kann ich jetzt tatsächlich wieder lesen, was ich da aufgeschrieben habe. Ich sollte das schnellstmöglich in eine Datei auf dem Computer transferieren.«

»Na, da freue ich mich doch, dass ich Ihnen helfen konnte. Soll ich Herrn Fenske noch irgendetwas ausrichten?«

»Nein, das ist nicht nötig, danke.«

Stallitzer verabschiedete sich und beendete das Gespräch.

Nun wollte er etwas über diesen Ort in Schottland herausfinden. Was war das für eine Firma, die den Namen RigStuff trug? Wer oder was steckte dahinter? Von Fenske würden sie keine Antwort bekommen, das hatte er ja im vorigen Gespräch sehr deutlich gemacht. Umso neugieriger war Stallitzer nun.

Natürlich hätte er sich selbst an den Rechner setzen können und Google bemühen. Aber er arbeitete schließlich bei einem Unternehmen, bei dem es Mitarbeiter gab, die das bedeutend schneller, effizienter und ertragreicher erledigen konnten. Er verließ sein Büro und ging quer durch die Etage in Richtung IT-Abteilung.

Er betrat den Raum von Nathalie Ramsauer. Natürlich hätte er auch Wagner fragen können, aber der war nach dem Gespräch mit Fenske einfach von der Bildfläche verschwunden, ohne Stallitzer zu sagen, wohin er gegangen war. Machte er selten, kam aber vor.

Nathalie Ramsauer saß an ihrem Schreibtisch. Vor ihr vier Monitore und zwei Tastaturen, daneben auch zwei Mäuse. Das Bild der hochgewachsenen Frau vor dieser Wand von Technik, das war wohl die bildhafteste Darstellung des Begriffes »Multitasking«, die er sich vorstellen konnte.

»Nathalie, darf ich Sie kurz stören?« Ja, auch die meisten Kolleginnen siezte er.

»Helmut, treten Sie ein. Was kann ich für Sie tun?«

»Bei unserem aktuellen Fall ist eine Firma aus Schottland aufgetaucht. Und mich würde interessieren, was über diese Firma bekannt ist.«

Nathalie runzelte die Stirn: »Google?«

Helmut Stallitzer setzte sein charmantestes Lächeln auf. »Ich denke, Sie haben Zugriff auf Datenbanken und Quellen, die ich selbst zunächst erst mal ergoogeln müsste. Wofür ich einen ganzen Nachmittag bräuchte, brauchen Sie zehn Minuten.«

Nathalie lächelte ebenso zuckersüß zurück: »Die Währung des Kompliments wird oftmals unterschätzt.« Dann wurde sie ernst: »Wie heißt die Firma?«

Stallitzer nannte Namen und Ort.

»Wissen Sie noch etwas darüber?«

»Nein, gar nichts.«

Noch während Stallitzer sprach, huschten Nathalies Hände über die Tastatur. Und die beiden rechten Monitore zeigten an, dass die IT-Spezialistin bereits ganz bei der Arbeit war. Stallitzer starrte fasziniert auf das Spiel von Farben und Zeichen.

»Helmut, würde es Ihnen etwas ausmachen, mein Büro einfach für 15 Minuten zu verlassen? Es ist mir unangenehm, wenn mir jemand beim Arbeiten über die Schulter schaut. Außerdem neige ich dann dazu, ein bisschen schwerfällig zu werden und nicht so schnell arbeiten zu können wie sonst.«

Das Argument zählte. »Bis gleich«, flüsterte Stallitzer und verließ das Büro.

Doch dann hielt er inne und wandte sich noch einmal an Nathalie Ramsauer. »Ich hätte da noch eine Bitte …«

Sie sah ihn an. »Welche?«

»Ich würde gerne mehr über unseren Klienten wissen. Über Richard Fenske.«

»Haben Sie das mit Herrn Wagner abgesprochen?«

»Nein. Aber wenn wir herausfinden wollen, wer ihm etwas Böses will, dann müssen wir doch alles über ihn wissen, oder?«

»Herr Wagner kennt ihn gut.«

»Eben. Und deshalb kann ein kleiner objektiver Backgroundcheck nicht schaden.«

»Okay. Aber jetzt verschwinden Sie. Und geben Sie mir nicht 15, sondern besser 25 Minuten.«

Stallitzer nutzte die Zeit, um sich an der italienischen Eisdiele um die Ecke ein Eis zu gönnen. Ananas, Malaga, Stracciatella – seine bewährte Mischung. Das Eiscafé lag direkt am Rande einer kleinen Grünanlage, deren Namen Stallitzer sich niemals eingeprägt hatte. Hin und wieder war er mit Wagner hierhergekommen, um ein Eis zu essen. Wagner hatte dort so lang herumgenörgelt, bis der Besitzer und Gelatieri tatsächlich die Eissorte »Blue Curaçao« ins Programm aufgenommen hatte. Weswegen Wagner immer vier Kugeln bestellte: zwei blaue und zwei weiße – und schon hatte er sein Lilien-Eis.

Keine 50 Meter entfernt stand eine weiße Bank, auf der sie üblicherweise das Eis dann verspeisten. An einem Montag vor rund zwei Jahren war Stallitzer mit seinem Eis allein ebenfalls in Richtung Bank gegangen. Und traute seinen Augen nicht: Die oberste weiße Holzleiste erstrahlte frisch lackiert in blauer Farbe. Er hatte Paul Wagner darauf angesprochen, der hatte aber vehement bestritten, damit etwas zu tun zu haben. Dieser Fall hatte sich für Stallitzer niemals aufgeklärt.

Zurück im Gebäude steuerte er wieder direkt auf Nathalie Ramsauers Büro zu. »Sind Sie fündig geworden?«

Nathalie Ramsauer würdigte die Frage keiner Antwort, sah Stallitzer nur an und hob die rechte Augenbraue.

»Okay, dumme Frage. Ziehe ich zurück. Ich frage stattdessen: Was haben Sie denn herausgefunden?«

»Ich fasse die relevanten Daten für Sie mal kurz zusammen: Der korrekte Name der Firma lautet: RigStuff Ltd., die Adresse liegt im Industriegebiet Osten von Penicuik. Adresse und Telefonnummer habe ich auch schon aufgeschrieben, schicke ich Ihnen nachher rüber. Ebenso natürlich die Adresse der Firmenwebseite. Die ist aber nur sehr rudimentär bestückt. Das Unternehmen wurde vor vier Jahren gegründet. Die Anschrift hat sich während dieser Zeit nicht geändert.

Als Aktivität ist angegeben, dass sie Textilien für den Sondereinsatz entwickeln. Außerdem ist die Firma sehr kreditwürdig. 15 Mitarbeiter arbeiten dort. Die Finanzzahlen sind interessant: nach vier Jahren immer noch ein Umsatz von null. Aber Kredite in der Höhe von 14 Millionen Pfund und ein Bankguthaben von über zwei Millionen Pfund.«

»Und was bedeutet das?«

»Das bedeutet, dass diese Firma gegründet wurde, um irgendein tolles Produkt auf den Markt zu bringen, das sie aber noch nicht auf den Markt gebracht hat. Doch es gibt Investoren, die an den Erfolg glauben. Aber wenn ich diese Zahlen richtig interpretiere, brauchen sie noch etwas Kohle, um wirklich in den Markt eintreten zu können. Für den Aufbau einer ersten Kleinserienproduktionslinie stehen die benötigten Finanzmittel laut Geschäftsprognose bereits in Aussicht.«

»Und woran forschen die?«

»Nun, wie der Unternehmenszweck schon sagt: die Entwicklung von Textilien für den Sondereinsatz. Nicht mehr, nicht weniger.«

»Okay«, sagte Stallitzer, aber der Tonfall klang ein wenig resigniert.

»Vielleicht ist für Sie noch die Geschäftsführerin interessant. Eine gewisse Katja Verlin. Also Frau Dr. Dr. Katja Verlin.«

»Muss man die kennen?«

»Das muss man offensichtlich nicht. Aber Sie beide haben eine Gemeinsamkeit.«

Er gönnte Nathalie das kleine Auskosten der Frage, die im Raum schwebte, die Stallitzer sich aber weigerte zu stellen. Erst nach vier Sekunden: »Und was haben wir gemeinsam?«

»Na, Sie sind doch auch in Griegtal geboren, oder?«

»Äh, ja. Diese Frau Dr. Dr. auch?«

»Sagte ich doch gerade. Geboren am 5. März 1973. Sie ging in Griegtal zur Schule, machte '91 ihr Abi und studierte in Darmstadt Materialwirtschaft. '96 Diplom, '99 hat sie promoviert. Danach hat sie noch bis 2010 an der Uni in diesem Fachbereich gearbeitet. 2006 die zweite Doktorarbeit, diesmal im Bereich Physik. 2011 ist sie nach Edinburgh gegangen, an die University of Edinburgh, eine der drei Unis dort. Die haben eine eigene Forschungsabteilung im Bereich ›Funktionale Materialien‹. Und vor vier Jahren hat sie dann das Unternehmen gegründet.«

»Ist oder war sie verheiratet? Also, ist der Name Verlin ihr Mädchenname?«

»Darüber habe ich nichts herausgefunden. Also nirgendwo steht, dass sie geheiratet habe. Was nicht heißt, dass sie nicht verheiratet ist.«

»Und Richard Fenske? Haben Sie da auch etwas herausbekommen?«

»Also, ich habe da jetzt nur zehn Minuten drauf verwendet. Jahrgang '80. Geboren in Darmstadt, aufgewachsen in Darmstadt, irgendwie niemals wirklich weit weg von Darmstadt. Jurastudium Frankfurt am Main. Gutes Erstes Staatsexamen, gutes Zweites Staatsexamen. Hat dann fünf Jahre in Darmstadt in einer Kanzlei als Anwalt gearbeitet und sich danach selbstständig gemacht. In einer anderen Branche: Er ist Investitions- und Anlageberater.«

»Und privat?«

»War nie verheiratet. Die einzige Vereinsmitgliedschaft, die ich entdecken konnte, ist die zu den Lilien. Aber er bekleidet dort keine Ämter. Lebt zurückgezogen. Vor zehn Jahren war er mal in den lokalen Blättchen, weil er mit einer Weinkönigin der Bergstraße in der Öffentlichkeit aufgetreten ist. Waren wohl ein Paar. Aber mehr?«

»Nichts Illegales?«

Nathalie Ramsauer zuckte mit den Schultern. »Ich habe auf die Schnelle nichts finden können. Nein, ich glaube, Richard Fenske ist sauber.«

»Und das alles haben Sie in den vergangenen 25 Minuten rausgekriegt?«

»Für so etwas werde ich bezahlt«, lächelte sie Stallitzer wieder an. »Habe Ihnen das alles auf den Server gelegt.«

»Sie sind ein Schatz«, sagte Stallitzer.

»Ich weiß.«

Stallitzer und Wagner saßen auf der blau-weißen Bank gegenüber der Eisdiele. Zwei Eisbecher am Tag, das musste manchmal sein, dachte Stallitzer, als er einen Löffel Erdbeereis zum Mund führte. Auch Paul Wagner löffelte sein blau-weißes Eis.

»Weißt du, ich glaube, wenn die Lilie mit dem Ganzen nichts zu tun hat, muss es einen anderen Grund geben. Je mehr ich darüber nachdenke, desto eher glaube ich, dass der Zeitpunkt für diese Aktion relevant war«, sagte Stallitzer zu Wagner.

»Der Zeitpunkt?«

»Ja. Vielleicht wollte der Dieb sicherstellen, dass Richard Fenske an diesem Tag sein Handy nicht mehr benutzen konnte. Also, vielleicht nicht mehr angerufen werden konnte. Nicht mehr erreichbar war.«

»... oder dessen Auftraggeber«, warf Wagner ein.

»Auftraggeber?«

»Ja. Wenn der Dieb es wirklich nur auf Fenske abgesehen hatte, wieso sollte er dann noch andere Leute berauben? Und wenn du recht hast damit, dass es nur darum ging, ihm sein Handy zu entwenden, damit er es nicht benutzen kann – ich weiß nicht, das spricht für mich tatsächlich eher dafür, dass ein Auftraggeber dahintersteht. Lass mich mal ein bisschen herumspinnen: Was hältst du von folgender Theorie: Irgendein Auftraggeber im Hintergrund schickt den Taschendieb auf Reisen. Viele, viele Menschen werden auf der Aufstiegsfeier bestohlen. Sieht ja auf den ersten Blick so aus, als habe das mit Fenske überhaupt nichts zu tun. Dann macht der bezahlte Dieb aber einen Fehler: Er packt alles in eine Papiertüte und deponiert sie im Gebüsch.«

»Und warum macht er das?«

»Keine Ahnung. Aber gerade die Tatsache, dass nur die Sachen von Fenske nicht in dieser Tüte sind, spricht dafür, dass der Dieb sie vielleicht irgendjemandem hat abgeben müssen. Wenn er aus eigenem Antrieb gehandelt hätte, dann hätte er das Zeug ganz gewiss nicht ins Gebüsch geworfen.«

Stallitzer sagte zunächst nichts dazu. Dann fragte er: »Wie gehen wir weiter vor?«

»Na, wir haben ja jetzt die Fotos von dem Dieb, wenn wir auch sein Gesicht nicht erkennen können. Irgendwie muss es uns doch gelingen, herauszufinden, wer das ist.«

»Du müsstest vielleicht auch noch mal deinem Freund Richard Fenske auf den Zahn fühlen. Wenn wir davon ausgehen, dass er eben kein zufälliges Opfer war, sondern das Ziel der ganzen Aktion, dann muss es dafür ja irgendeinen Grund geben.«

»Mhm. Ja, ich klopf ihn noch mal ab. Und was hast du jetzt vor?«

»Ich werde nach Schottland fliegen.«

»Nach Schottland? Was, zur Hölle, willst du denn dort?«

»Das herausfinden, was dein Freund Fenske uns verschweigt. Er wollte am vergangenen Mittwoch nach Schottland fliegen. Um eine kleine Firma zu besuchen.«

»Woher willst du denn das wissen?«

Stallitzer kniff ein Auge zusammen und führte die Hand so vors Gesicht, als ob er mit einer Lupe etwas absuche. »Bin ich Detektiv oder bin ich Detektiv?«

»Respekt. Und ich werde zusätzlich schauen, ob ich vielleicht der Identität unseres Meisterdiebs etwas näherkomme.«

# FREITAG

Paul Wagner hatte Fenske bisher nicht oft in dessen Büro besucht. Fenske wusste, was Wagner beruflich machte, Wagner, was Fenskes Beruf war. Aber darüber hatten sie sich kaum unterhalten. Obwohl diese Freundschaft schon seit Jahren währte. Sie waren aber vor allem dicke Lilien-Freunde.

Sie hatten sich kennengelernt beim Spiel des SV 98 gegen Memmingen. Es war am 28. Mai 2011 gewesen. Als Wagner in diesem Moment daran dachte, wurde ihm bewusst, dass sie am Tag vor der Aufstiegsfeier ihre zwölfjährige Freundschaft hätten feiern können. Paul Wagner hatte damals auf der Stehtribüne gestanden und Fenske zufällig genau neben ihm. Es ging um alles in diesem Spiel. Mit einem Sieg wären die Lilien in die Dritte Liga aufgestiegen. Zumal das Hinspiel 1:1 ausgegangen war. Und Olli Heil schoss das erste Tor in der 14. Minute. Der Moment, in dem sich Wagner und Fenske in den Armen gelegen, gegrölt und gehopst hatten. Auch das Bier floss reichlich, wenn damals am Bölle die Wartezeit an den viel zu wenigen Bierständen doch beachtlich gewesen war. Dann endlich Abpfiff. Und die Fans stürmten den Rasen. Auch Paul Wagner hatte sich ein kleines Stück herausgeschnitten, das er dann auf dem Balkon im Blumenkasten hegte und pflegte. Heute spielte Dominik Stroh-Engel, der Star von damals, in Memmingen. Irgendwie empfand Paul Wagner das als Verrat. Trotzdem hätte er den Spieler auch gern weiterhin bei den Lilien gesehen. Manchmal war das alles nicht ganz so einfach …

»Wie kann ich dir helfen? Seid ihr ein Stück weiter?«

Fenske saß auf seinem Stuhl hinter dem Schreibtisch. Wagner auf dem Besucherstuhl vor dem Schreibtisch. Irgendwie repräsentierte diese Anordnung nicht den Status ihrer Freundschaft. Sonst waren sie sich immer und zu allen Zeiten auf Augenhöhe begegnet.

»Richard, wir verfolgen mehrere Wege. Der eine Weg ist, dass dir jemand eine silberne Lilie klauen wollte. Aber es gibt auch andere Möglichkeiten.«

»Ja, das habt ihr ja alles schon gesagt. Was ist jetzt?« Und schon wieder meinte Wagner eine Spur Feindseligkeit in der Stimme seines Freundes wahrzunehmen.

»Dass du ein zufälliges Opfer bist, das ist vom Tisch. Wenn die Lilie nicht der Grund war, müssen wir nach anderen Gründen schauen, weshalb du Opfer dieses Raubes geworden bist.«

»Haben wir diese Diskussion nicht gestern schon geführt?«

»Gestern haben wir dich noch einmal zu den Gegenständen befragt, die dir geklaut worden sind. Heute stelle ich die Frage etwas anders: Hast du irgendeine Vorstellung, weshalb dir jemand am Montag die Bauchtasche aufgeschnitten hat und dir die Dinge entwendet hat, die er entwendet hat?«

»Paul, ich habe keine Ahnung. Ich gehe davon aus, dass es, wenn es nicht die Lilie war, mein Handy war. Darauf ist mein Leben gespeichert. Wenn es jemandem gelingt, das Handy zu knacken, dann kennt er mich besser als meine Mutter. Da sind alle Kontakte drauf, der Kalender der letzten zehn Jahre, alle Fotos. Ich habe zwar keine Vorstellung davon, was davon für irgendjemand interessant sein sollte. Ich habe keine krummen Geschäfte gemacht. Und ich habe auch keine Verträge und Protokolle auf dem Handy oder in der Cloud. Dafür habe ich hier im Büro einen Server. In diesem Server stecken vier Festplatten. Auf der ersten sind die Daten, die dann parallel auf die drei anderen Festplatten gespiegelt werden. Außerdem habe ich über ein VPN noch eine Verbindung zu einem gemieteten Server eines Anbieters. Dorthin werden alle Änderungen der Dateien unmittelbar synchronisiert. Aber auch auf diese Daten kann man von außen nicht zugreifen. Insofern ist mir nicht klar, was jemand von meinem Handy hätte.«

»Okay, das verstehe ich. An den Taschentüchern hatte bestimmt auch niemand Interesse. Klar, die Kohle war attraktiv. Aber dann hätte er dich beobachten müssen, als du das Geld abgehoben hast. Auch nicht sehr wahrscheinlich. Bleibt der Reisepass. Dein Date in Schottland.«

»Paul, Schottland und mein scheiß Reisepass haben nichts mit dieser Sache zu tun.«

Der Anflug auf Edinburgh war fantastisch. Blauer Himmel, Sonnenschein, Stallitzer schaute in Richtung Meer. Unter ihm grüne Wiesen weit und breit.

Kurz vor seinem Abflug hatte er noch mit Wagner telefoniert. Der ihm berichtet hatte, dass er am Morgen mit Fenske gesprochen hatte. Und die Reaktion auf Wagners Eröffnung, dass sein wegen des fehlenden Reisepasses verpasster Flug nach Schottland vermutlich doch eine Bedeutung hatte, war wieder ziemlich aggressiv ausgefallen. Stallitzer fühlte sich in seinem Vorhaben mehr als bestätigt.

Die Sekretärin von Wantrupp & Wantrupp hatte bei RigStuff angerufen und um einen Termin mit der Geschäftsführerin Frau Verlin gebeten. Stallitzer hätte sich nur eingeschaltet, wenn es auf diesem Dienstweg nicht geklappt hätte. Er reiste via eines Direktflugs in die schottische Hauptstadt. Der Flug war nicht ausgebucht und so hatte er einen freien Platz neben sich, was er sehr genoss.

Zum Glück hatte die Sekretärin ihn daran erinnert, den Reisepass mitzunehmen. Brexit und so – hatten sie ja schon mit

Fenske erörtert. Stallitzer war sich gar nicht mehr sicher gewesen, ob er überhaupt noch einen gültigen Reisepass besaß. Doch er hatte Glück: Auch wenn er dachte, das Bild zeige einen deutlich jüngeren Helmut Stallitzer, war der Pass doch noch neun Monate lang gültig.

Als der Airbus A321 um zwölf Uhr Ortszeit gelandet war, stellte er seine mechanische Armbanduhr manuell eine Stunde zurück. Sein Handy hatte den Job schon automatisch erledigt.

Er musste keinen Koffer abholen, war nur mit einer kleinen Reisetasche unterwegs. Frische Unterwäsche für drei Tage, ein Ersatzhemd, eine Ersatzhose. Und natürlich sein Kulturbeutel.

Die Sekretärin hatte ein Zimmer im Double Tree Hilton unmittelbar neben dem Flugplatz gebucht. Ein Shuttleservice brachte ihn vom Terminal direkt dorthin. Er bestellte an der Rezeption ein Taxi, das ihn um kurz nach eins in Richtung Penicuik bringen würde. Um 14 Uhr hatte er den Termin mit Katja Verlin. Die Taxe war pünktlich und brachte ihn bei immer noch strahlendem Sonnenschein zur Zentrale der Firma RigStuff. Wie die Adresse vermuten ließ, befand sich das Headquarter in einem Industriegebiet. Entsprechend schmucklos war das Gebäude: Gebaut offensichtlich irgendwann in den 70er Jahren, wies der Putz des dreistöckigen Hauses an einigen Stellen bereits Lücken auf. Neben dem Bauwerk befanden sich mehrere Hallen.

RigStuff war nicht der einzige Mieter des Bürotraktes. Anscheinend gehörte jedem Stockwerk eine Firma. Über RigStuff im Erdgeschoss residierte Trimbon Ltd., darüber Dassies Furniture.

Im Gegensatz zum äußeren, etwas heruntergekommenen Erscheinungsbild fand sich hinter dem Haupteingang ein lichtes, weites Foyer mit einem Empfangstresen aus Marmor. Dahinter residierte eine adrette Empfangsdame.

Stallitzer gab bekannt, wen er zu treffen wünschte.

Die Dame bat ihn, kurz Platz zu nehmen. Zwei Sitzecken mit schwarzen Ledersofas boten die Möglichkeit dazu. Auch diese Sofas machten einen ziemlich neu- und hochwertigen Eindruck.

Neben dem Empfang öffnete sich eine Glastür und herein trat offensichtlich Katja Verlin höchstselbst. Sie trug ein chic geschnittenes Kostüm, auberginefarben. Das blonde Haar fiel über ihre Schultern. Ja, die Dame war eine elegante Erscheinung. Mit offenem Lächeln trat sie auf Stallitzer zu, der sich erhob.

»Sie müssen Helmut Stallitzer sein, aus meiner alten Heimat.«

Stallitzer reichte ihr die Hand: »Ja, genau richtig. Frankfurt. Von Wantrupp & Wantrupp.«

»Dann herzlich willkommen. Folgen Sie mir bitte in mein Büro.«

Sie führte Stallitzer durch die Glastür in einen Flur, der das Gebäude auf ganzer Länge zu durchziehen schien und an einer weiteren Glastür endete. Stallitzer fiel auf, dass die attraktive Frau ein ganz klein wenig humpelte. Minimal, aber wenn man es wahrgenommen hatte, konnte man diese Wahrnehmung auch nicht mehr rückgängig machen. Sie öffnete die Tür und ließ Stallitzer eintreten.

»Nehmen Sie doch bitte Platz.«

Wie auch der Flur zeigte das Büro, dass hier vor nicht allzu langer Zeit gründlich renoviert worden war. Das Büro war sehr licht eingerichtet, Chrommöbel, viel Glas und die Wände weiß. An der Wand hingen einige Bilder. Und Reproduktionen von zwei Plakaten, die auf klassische Konzerte hinwiesen: einmal die Matthäuspassion und einmal das Weihnachtsoratorium von Bach – beides aufgeführt in der Stadtkirche Darmstadt. Die gerahmten Fotografien zeigten Musikerinnen und Musiker, jeweils mit ihren Instrumenten. Die Wand wirkte auf Stallitzer wie die Klassik-Version eines mit Postern behangenen Jugendzimmers.

Verlins Blick folgte jenem von Stallitzer. »Sie mögen Klassik?«

»Ja, durchaus. Das Oratorium von Bach? Darmstadt? Wieso hängt das Plakat hier bei Ihnen?« Es war vielleicht ein wenig indiskret, aber Stallitzer musste eine Antwort auf diese Frage haben.

»Ich habe mitgesungen. Im Chor. Damals. Also, ich singe auch heute noch im Chor, aber nicht mehr so exponiert.«

»Chapeau!«

Stallitzer setzte sich. Auch der Besucherstuhl war mit Leder überzogen, aber in seiner Formgebung sehr viel leichter und luftiger als die Ledersofas im Foyer.

Der Bürostuhl von Katja Verlin zeugte ebenfalls davon, dass in die Ausstattung des Unternehmens einige Euro respektive Pfund geflossen waren. Auch sie ließ sich nieder. »Herr Stallitzer, darf ich fragen, womit ich Ihnen helfen kann? Die Sekretärin Ihres Unternehmens hielt sich mit Informationen ziemlich bedeckt. Aber wenn Sie von Deutschland kurz entschlossen hierherreisen, dann muss es wohl etwas Wichtiges sein. Sie sind Rechtsanwalt?«

Wenn man das Unternehmen Wantrupp & Wantrupp googelte, musste man schon sehr genau hinschauen, um zu entdecken, dass neben der Kanzlei die Detektei auch völlig unabhängig agierte.

»Nein, ich bin Detektiv. Wantrupp & Wantrupp besteht aus einer Anwaltskanzlei, die zugegebenermaßen 80 bis 90 Prozent des Unternehmens beansprucht, aber eben auch aus einer kleinen, aber feinen Detektei. Und zu jener gehöre ich.«

»Eine Detektei. Sie sind also – Detektiv?«

»Ja.«

Katja Verlin lächelte ihn an. »Ach, das ist ja nun deutlich interessanter als ein Rechtsanwalt aus einer Rechtsanwaltskanzlei. Womit kann ich Ihnen helfen? Was macht meine kleine Firma und mich interessant für Detektive? Wobei das natürlich immer noch besser ist, als wenn sich die Polizei für uns interessieren würde.«

»Unsere Detektei hat einen Klienten, der Ihnen bekannt sein dürfte: Richard Fenske.«

Nur ganz kurz überflog der Hauch eines Runzelns ihre Stirn, der das Lächeln in ihrem Gesicht zwar tuschierte, aber nicht vertrieb. Sie schwieg ein paar Sekunden, bevor sie sagte: »Ja. Natürlich. Ich kenne Richard Fenske. Er ist einer unserer Investoren. RigStuff wurde, wie Sie wahrscheinlich wissen, erst vor wenigen Jahren gegründet. Und wir haben nach weiteren Investoren suchen müssen, da wir neue Produkte im kommenden Jahr auf den Markt bringen möchten.«

»Was sind das für Produkte?«

»Herr Stallitzer, Sie müssen verstehen, dass ich darüber nicht sprechen kann.«

Kaum hatte Katja Verlin diesen Satz ausgesprochen, klopfte es an der Glastür zu ihrem Büro.

»Herein«, sagte sie auf Englisch.

Eine junge Dame in einem tadellosen Kostüm bat Frau Verlin kurz heraus.

»Bitte entschuldigen Sie mich, ich bin sofort wieder da.«

Kaum hatte Katja Verlin den Raum verlassen, erhob sich Stallitzer, griff zum Handy und machte Fotos. Vom Schreibtisch und den Dingen, die darauf lagen, von den Regalen und den Rücken der Ordner, die sich darin befanden. 20 Sekunden später saß er wieder auf seinem Stuhl.

Zehn Sekunden danach wiederum betrat Katja Verlin ihr Büro.

»Entschuldigen Sie, aber da musste ich kurz rausgehen. Wo waren wir stehen geblieben?«, wollte sie wissen, als sie sich erneut auf ihrem Bürostuhl niederließ.

»Wenn man die britischen Firmendatenbanken befragt«, fuhr Stallitzer nahtlos fort, »dann erfährt man, dass Sie Textilien für den Sondereinsatz entwickeln. Viel mehr erfährt man nicht.« Stallitzer hatte Nathalie Ramsauer gebeten, die britische Presse zu scannen, ob über RigStuff irgendetwas veröffentlicht worden war. Aber sie hatte nichts gefunden. Was allein schon ziemlich verdächtig war. Auch jenseits der Website, etwa in den sozialen Medien, war nichts über das Unternehmen zu finden. Ein klein wenig über Katja Verlin und ihre Karriere an der Uni, aber nichts über RigStuff. Ein wenig hatte das für Stallitzer danach geklungen, dass es sich eventuell um ein militärisches Projekt handelte. Aber dafür war das Unternehmen irgendwie – zu klein.

»Nun, wenn Sie nicht mehr über uns erfahren haben, dann haben wir einiges richtig gemacht.«

»Ein Unternehmen, über das niemand etwas wissen soll?«

»Nein, nein«, lächelte Katja Verlin ihn wieder an. »Ein Unternehmen, über das jetzt noch niemand etwas wissen soll. Wenn alles klappt, dann werden wir mit einem großen Paukenschlag auf den Markt treten.«

»Textilien für Sondereinsätze – was muss ich mir darunter vorstellen?«

»Ich nehme an, so, wie Sie reden, haben Sie Ihre Hausaufgaben gemacht und zu meiner Person und zu meiner Firma gründlich recherchiert. Ich kann Ihnen so viel sagen: Wir sind ein Spin-off der Universität in Edinburgh. Ich und drei meiner Doktoranden, die bei mir promoviert haben, wir haben diese Firma vor vier Jahren gegründet. Denn wir sind gut darin, innovative Fasern zu entwickeln, die besonderen Beanspruchungen standhalten müssen. Nehmen Sie etwa einen Fallschirm. Er muss enorm leicht sein, aber extrem widerstandsfähig. Und wir wollen Fasern für Bereiche anbieten, in denen diese einander widersprechenden Eigenschaften vereint worden sind: möglichst leicht, aber möglichst widerstandsfähig, um es ganz platt auf den Punkt zu bringen.«

»Und welche Rolle spielt Richard Fenske dabei?«

»Er ist ein kluger und vorausschauend denkender Investor.«

»Und er wollte Sie am Mittwoch hier treffen?«

»Ja, das war geplant. Aber, wenn ich es richtig mitbekommen habe, wurde ihm sein Reisepass gestohlen. Und deshalb konnte er nicht pünktlich erscheinen.«

»Ja. Er ist tatsächlich am Montag bestohlen worden. Unter den abhandengekommenen Gegenständen war tatsächlich auch sein Reisepass. Nicht zuletzt ein Grund, warum er unsere Detektei beauftragt hat.«

»Verstehe. Hilft Ihnen das jetzt irgendwie weiter?«

»Ja, ganz herzlichen Dank.«

»Und für dieses kurze Gespräch sind Sie den weiten Weg von Frankfurt hierhergekommen?«

»Ja. Aber eine Sache lässt mir ebenfalls keine Ruhe: Ich frage mich, ob wir uns schon einmal begegnet sind.« Für einen kurzen Moment sah Katja Verlin ihn an, als ob er gerade den dümmsten aller Anmachsprüche von sich gegeben hätte. Doch

Stallitzer fuhr ungerührt fort: »Sie sind, ebenso wie ich, in Griegtal geboren.«

»Griegtal? Sie stammen aus Griegtal?«

Nun war es an Stallitzer zu lächeln. »Ja. 1960 dort geboren.« Es war schon ein Zufall, dass sie beide in der 30.000-Seelen-Stadt nördlich von Frankfurt geboren worden waren.

»Nun, wie Sie bestimmt wissen, haben Sie damit 13 Jahre Vorsprung.«

## HALBZEITPAUSE / ... IMMER NOCH FREITAG

»Warum humpelst du?«

Das Licht war eher dunkel, auf jedem Tisch des Restaurants stand eine kleine Leuchte, nicht unähnlich einer Nachttischlampe.

Katja hatte ihn in ein kleines, feines Restaurant in Edinburgh geführt. Sie hatten eine Flasche Rotwein genossen. Jetzt stand vor beiden jeweils ein Nosing-Glas mit Whisky. Katja hatte insistiert, dass man in den Highlands einen Highland-Whisky trank – auch wenn, zugegebenermaßen, die Islay-Whiskys torfiger waren. Und so hatte sich Katja für einen Dalwhinnie entschieden und Stallitzer für einen Aberfeldy.

Katja hatte nach dem offiziellen Gespräch in ihrem Büro Stallitzer auf eine Stadttour durch Edinburgh entführt. In einem der roten Doppeldecker-Touristen-Busse waren sie durch die Stadt gefahren.

Sie hatten wenig Persönliches ausgetauscht. Stallitzer wusste noch nicht einmal, ob Verlin ihr Mädchenname war oder der Name durch Heirat. Einen Ring trug sie zumindest nicht am Finger. Und Nathalie hatte dazu ja auch nichts herausfinden können.

»Ich zeige dir noch den Hafen«, hatte Katja gesagt und ihn plötzlich einfach geduzt. Kurz darauf saßen sie schon in einem Taxi nach Leith. An einem Liegeplatz lag die Britannia vor Anker. Es war die persönliche Jacht der britischen Königsfamilie gewesen, bis 1997. Dort konnte man nun gemütlich einen Kaffee trinken. Anschließend waren sie zu dem Restaurant aufgebrochen.

»Warum ich humple? Ist meiner Zeit in Griegtal geschuldet.«

Stallitzer sagte nichts. Und auch Katja schwieg. Aber der Blick ihrer Augen suchte den seinen. Und es war ihre Hand, die plötzlich in der seinen lag. Und er zog die seine nicht zurück.

»Ich hab damals Fußball gespielt. In einem der ganz wenigen Vereine, in denen Frauenfußball tatsächlich gelebt wurde. Es war das Jahr, in dem die Erste Bundesliga für Frauenfußball etabliert wurde. Aber ich war nur eine junge Frau, die in einem der kleinen Vereine kickte. Und da war diese Verteidigerin. Svenja war ihr Name. Das weiß ich noch heute. Und sie tritt nicht nach dem Ball, sondern springt und landet auf meinem Fuß. Der hat das nicht überlebt. Sechs Knochen waren gebrochen. Und seitdem humple ich. Das ist die Antwort auf deine Frage.«

Katja Verlin ließ es sich nicht nehmen, die Rechnung zu bezahlen, nachdem Stallitzer ja die ganze Reise auf sich genommen hatte.

»Noch einen Kaffee bei mir?«, fragte Katja.

Und so stiegen sie beide in den Fonds des Taxis, das der Kellner bestellt hatte.

»Kommst du rüber?« Veras Stimme am Handy. Rund 150 Meter Luftlinie entfernt. Der Weg, den die elektromagnetischen Wellen ihrer Worte über diverse Funkmasten, Kabel und Schaltstellen zurücklegen mussten, damit sie miteinander sprechen konnten, war weitaus länger. »Ich hab uns was gekocht.«

»Ja.«

Sieben Minuten und 32 geputzte Zähne später betrat Paul Wagner die Wohnung von Vera Bäumler.

Die Suppe, die Vera gekocht hatte, aßen sie erst kurz nach Mitternacht.

Denn es hatte ein ausgiebiges ›Davor‹ gegeben.

## ZWEITE HALBZEIT / SAMSTAG

Eigentlich wollte Stallitzer ja bereits am Freitagabend von Edinburgh zurückfliegen. Aus welchem Grund auch immer war er erst Samstagmorgen zurückgeflogen. Es war jetzt zehn Uhr und Wagner wartete auf ihn im Café Extrablatt am Marktplatz in Darmstadt.

»Sorry, der Flug hatte ein paar Minuten Verspätung«, entschuldigte sich Stallitzer, als er an Wagners Tisch trat.

»Kein Problem. Cappuccino?«

»Nein, ich brauche jetzt ein richtiges Frühstück.«

Damit konnte das Café dienen, ebenfalls mit einem breit gefächerten Buffet. Nachdem Stallitzer seinen Hunger einigermaßen gestillt hatte, brachte Wagner das Gespräch auf ihren Job. Auch wenn es Samstag war, sie mussten weiterkommen. Und sie mussten den Mann im blauen Hoody identifizieren.

»Also, was hast du weiter geplant?«, wollte Stallitzer wissen.

»Erst mal wollte ich dich fragen, warum du Ränder unter den Augen hast.«

»Das sagt der Richtige«, konterte Stallitzer.

»Und vor allem will ich wissen, was du in Schottland herausgefunden hast.«

Stallitzer gab einen kurzen Abriss.

Dann berichtete Wagner über seine Pläne: »Ich habe zehn Leute rausgesucht, die bei uns Bilder und Videos hochgeladen haben. Alle haben unseren blauen Hoody mehrfach dokumentiert. Und die würde ich jetzt gern persönlich aufsuchen. Die meisten haben eine Handynummer hinterlegt. Und unsere Sekretärinnen haben bereits gestern Abend diese Nummern angerufen und Termine ausgemacht. Du hast vier, ich habe vier, zwei haben unsere Mitarbeiterinnen nicht erreicht. Die entsprechenden Fotos und Videos sind bereits in unseren Mails, ebenso die Namen und die Adressen. Vielleicht können die uns noch irgendetwas zu dieser Person sagen.«

»Na, klingt doch nach einem soliden Plan, oder?«

»Ja. Lass uns anfangen …«

»Ach, das ist aber schön, dass Sie mich besuchen. Sie kommen wegen den Fotos, die ich hochgeladen habe?«

Stallitzer bejahte. Herr Schneider, dem er gerade gegenübersaß, freute sich aufrichtig über Besuch. »Ich hab ja auch immer mal wieder für die Lilien gearbeitet«, sagte er. Stallitzer gab sich interessiert. Sollte der ältere Herr ruhig erzählen, bevor Stallitzer seine konkreten Fragen an ihn richten würde.

»Ich war ja auch der Hausmeister. Also immer mal wieder. Im alten Stadion. Das waren noch Zeiten!«

Stallitzer schätzte den Mann auf Mitte 60. Also entweder kurz vor oder bereits in der Rente. Hausmeister bei den Lilien – vielleicht hatte er tatsächlich packende Informationen, was den Mann in dem Hoody betraf.

»Hausmeister im Stadion? Dann haben Sie sicher einiges erlebt.« Stallitzer wusste, dass dies eine Steilvorlage für den Herrn war, die eine oder andere Anekdote loszuwerden. Aber wenn das die Eintrittskarte war – dann sollte das für ihn okay sein.

»Wissen Sie, der Bereich, in dem die Kicker trainiert haben, das war ja damals eher so ein offener Bereich. Da standen halt ein paar Heimtrainer, ein paar Bänke zum Gewichtheben und auch andere Trainingsgeräte. Und dort, da hatte der damalige Geschäftsführer Wolfgang Knoeß sein Aquarium. War in die Wand eingelassen. Das war ungefähr 2007. Aber der ging dann ja. Und dann stand das Aquarium leer. Also das Wasser war raus, die Fische und auch das ganze Aquariumzeugs waren weg.«

Schneider schwieg und wartete offensichtlich darauf, aufgefordert zu werden, weiterzuerzählen. Stallitzer tat ihm den Gefallen. »Und dann?« Nur zwei Worte, aber ein Booster für die Erzählung.

»Na, die Spieler, oder wer auch immer, haben sich dann einen Jux daraus gemacht, immer wieder etwas in den Glaskasten reinzuschmeißen. Sand, trockene Blätter, mal einen Ast – irgendwann sah das Ding tatsächlich aus wie ein Terrarium. Und dann waren eines Tages plötzlich zwei Echsen dort angesiedelt.«

Wieder eine Kunstpause. Stallitzer nutzte abermals das positiv Abrupte: »Und dann?«

»Na ja, eigentlich durften da unten ja nur die Jungs sein und Leute vom Verein. Aber die haben immer wieder auch mal Mädchen reingeschmuggelt, wenn ein Spiel gut gelaufen war. Und dann gab's Musik und Tanz, und die Mädels waren ganz begeistert. Bis auf die eine. Die hat die Echsen im Terrarium gesehen und plötzlich einen Riesenaufstand geprobt: Ob diese Echsen denn artgerecht gehalten würden? Alle fingen an zu lachen und sie verschwand. Und am kommenden Morgen standen drei Typen vom Veterinäramt vor der Tür des Stadions. Mit Trageboxen für die Tiere und Köfferchen für die Bestimmung von was weiß ich was. ›Wir sollen feststellen, ob die Echsen hier artgerecht gehalten werden‹, sagte der Chef von den dreien und zückte irgendein offizielles Papier. Also, Einlass in die geheiligten Hallen. Und der Zweite von denen trat dann ans Terrarium heran und griff hinein.

›Und?‹, hat sein Kollege gefragt.

Und Mister Veterinäramt Nummer zwei hat nur geantwortet: ›Die werden perfekt gehalten – in Anbetracht dessen, dass es nur Plastikechsen sind.‹«

Stallitzer konnte sich ein Schmunzeln nicht verkneifen. Lilien-like – den Ausdruck hatte er inzwischen gelernt. »Herr Schneider, Sie haben auch Fotos auf unser Portal hochgeladen. Wir wollen unbedingt herausfinden, wer bei der Aufstiegsfeier andere Lilien-Fans beklaut hat.«

»Das geht gar nicht!«, empörte sich der ehemalige Hausmeister. »Wir sind doch eine Familie!«

»Da haben Sie recht. Ich zeige Ihnen gerade mal ein paar der Bilder, die Sie hochgeladen haben, die für uns interessant waren. Vielleicht können Sie mir dazu noch mehr sagen?«

Stallitzer präsentierte Schneider die Bilder auf seinem Handy.

»Ja, die hab ich gemacht. Da ist meine Tochter Kyla mit drauf, meine Nichte Gudrun. Die Emmi, also meine Schwester, die Mama von der Gudrun, die ist da leider nicht mit drauf. Die ist vor vier Wochen gestorben.«

Seine Augen füllten sich mit Tränen. Dennoch versuchte Stallitzer, den Fokus auf den Mann im blauen Hoody zu richten. »Der da, ist der Ihnen aufgefallen?«

»Der? Keine Ahnung. Den kenne ich gar nicht.«

»Haben Sie ihn irgendwie wahrgenommen?«

»Den Typ? Nee. Keine Ahnung, wer das ist. Ist das wichtig?«

Stallitzer seufzte. Die erste Befragung war ein Reinfall. Abgesehen davon, dass er Wagner nun eine Lilien-Anekdote erzählen konnte, die selbst der wahrscheinlich noch gar nicht kannte.

Stallitzers nächstes Ziel war eine Landschaftsgärtnerei in Reinheim. Einer der Angestellten hatte zahlreiche Fotos auf das Portal geladen. Und auf zweien hatte er Hoody eingefangen.

Stallitzer war mit seinem Wagen unterwegs, einem grauen Dodge Charger SRT 392. Nachdem dessen Vorgänger drei Jahre zuvor mit über 200.000 Kilometern auf der Uhr in Rente geschickt worden war, war Stallitzer Marke und Modell treu geblieben, wenn die aktuelle Version auch nicht mehr so bullig daherkam. Der Dodge blubberte im niedrigen Drehzahlbereich über die Landstraße. Als er den Wagen auf den Hof des Unternehmens lenkte, kam ihm bereits ein Zwei-Meter-Hüne entgegen.

»Sie sind der Herr Stallitzer?«, brummte der Mann mit tiefer Stimme, als Stallitzer ausstieg und das Auto verschloss.

Er nickte nur.

»Na, dann kommen Sie doch mal mit. Kaffee?«

»Gern.«

Sie betraten einen kleinen Pausenraum, in dem ein Süßigkeitenautomat, eine kleine Küchenzeile nebst Resopal-Tisch und einer Patchworkfamilie von Stühlen Gemütlichkeit zu erzeugen suchten. Vergeblich.

»Wagner mein Name, aber das wissen Sie ja schon.« Der Landschaftsgärtner stand mit dem Rücken zu Stallitzer, der sich auf einem der Stühle niederließ. Er füllte Kaffee in zwei Becher.

»Stallitzer«, stellte sich Stallitzer der Form halber noch mal vor. Er hoffte, dass Wagner mit dessen Namensvetter nur den Namen teilte und nicht den unbändigen Redefluss, wenn das Thema auf die Lilien kam. Was sich ja jetzt nicht vermeiden ließ.

Wagner wandte sich dem Gast zu, stellte die Tassen auf dem Tisch ab. In einem Schälchen fanden sich Kondensmilch und Zucker in kleinen Portionspackungen. Stallitzer öffnete eines der Milchbecherchen, Wagner füllte sich den Inhalt dreier Zuckerpäckchen in seine Tasse.

»Die Dame am Telefon sagte, Sie wollen mit mir über die Bilder sprechen, die ich auf das Portal hochgeladen habe. Bei der Aufstiegsfeier.«

»Ja, genau darum geht es.«

»Also, diese Feier, das war ja echt das Größte, oder?« Wagners Augen fingen an zu leuchten, als ob jemand in deren Inneren das Flutlicht angeknipst hätte.

»Äh, ja« stimmte Stallitzer halbherzig zu.

»Also ich und meine Frau, wir waren schon um zehn Uhr da. Wissen Sie, um ganz vorn zu stehen. Ich mein', wenn man hinten steht, hat man ja nix davon. Hat dann ja auch geklappt. Und ich, mit meinen zwei Metern fünf, wenn ich irgendwo in der Mitte stehe, das finden die Leute nicht witzig. Aber wenn ich vorn bin, da ist die Bühne ja höher, da stört meine Größe nicht«, lachte Wagner auf. »Die nennen mich immer den ›Baum‹! Lustig, nicht wahr?«

Nein, Stallitzer fand das nicht lustig. »Herr Wagner, ich hätte da ein paar Fragen wegen der Fotos.«

Wagner ignorierte Stallitzer und fuhr ohne Atem zu holen fort: »Der Baum! Ich, der Landschaftsgärtner, werde ›der Baum‹ genannt!«

Stallitzer zwang sich zu einem Lächeln, das sich gegen seine Ausführung sperrte wie eine Katze gegen eine kalte Dusche.

»Wissen Sie, das war echt lustig. Als wir die Bäume am Bölle gefällt haben – da musste ja ein bisschen Platz geschaffen werden für den Stadionausbau – da hat mich ein Kollege gerufen, und der hat gesagt: ›Baum, komm mal her, den Baum musst du dir unbedingt anschauen.‹«

Wagner lachte über seinen eigenen Witz so lautstark, dass er Stallitzers Worte, er habe da Fragen zu den Fotos, gar nicht hören konnte.

»Ich hab mir den Baum dann angeschaut. Und wissen Sie, was ich da gesehen habe?«

Wahrscheinlich waren dieser Wagner und Paul Wagner Brüder. Vielleicht Cousins. Aber weiter entfernt lagen sie im Stammbaum sicher nicht voneinander entfernt...

Kunstpausen wurden in der Rhetorik stets überbewertet. Wagner fuhr einfach fort: »Da war ein Ball im Baum! Echt, der Baum war rund 100 Jahre alt. Lag da abgesägt auf dem Boden. Und dann war da ein Ball im Geäst.«

Stallitzer wehrte sich innerlich gegen das aufkeimende Interesse an dieser Geschichte. Ein Ball in einem gefällten Baum?

Als ob Wagner Stallitzers Gedanken erraten hatte, sprach er einfach weiter. Aber wahrscheinlich hätte er das ohnehin getan: »Ich guck da rein, in die Baumkrone. Und da ist ein kleiner Lederball von mehreren Ästen umschlossen, also festgehalten. Au Backe, habe ich gedacht.«

Stallitzer konnte sich nicht dagegen wehren, die Neugier feierte einen Triumph, er fragte: »Was für ein Ball war das denn?«

»Das wusste ich am Anfang auch nicht genau. Er war ganz aus Leder und ein klein bisschen größer als ein Tennisball.«

»Ein Baseball?«

»Hey! Sie sind aber ein Fuchs! Genau! Ich hab länger gebraucht, um das herauszufinden.«

Stallitzer konnte sich nicht helfen. Jetzt hatte der Detektiv in ihm übernommen: »Und wie kommt ein Baseball in einen Baum am Böllenfalltor?«

»Das war die 100.000-Euro-Frage. Hätte sogar zur letzten Frage bei ›Wer wird Millionär‹ getaugt. Mein Opa, also der Papa von meiner Mama, der konnte mir das dann erklären. Er war natürlich auch Mitglied bei den Lilien, wenn auch nicht als aktiver Spieler. Nach dem Zweiten Weltkrieg kamen ja die

Amis nach Darmstadt. Und ab 1947 haben die unser Bölle konfisziert. Denn das Stadion war einfach super geeignet, um Baseball zu spielen. Über zwei Jahre lang war unser Stadion daher kein Fußball-, sondern ein Baseballstadion! Mein Opa hat da als Kind immer mal wieder zugeschaut. Tja, und einer der Werfer – nein, wahrscheinlich eher einer der Batter – hat den Ball dann in den Baum gedroschen. Da hing er dann in irgendeinem Astwinkel fest, und die Äste wuchsen einfach weiter um ihn herum. Cool, oder?«

»Ja, wirklich eine coole Geschichte!«, musste Stallitzer zugeben. Und er freute sich schon darauf, sie seinem Kollegen Wagner zu erzählen. Der würde sicherlich überrascht sein, davon zu hören. Jetzt hatte er sogar schon zwei Geschichten zu erzählen.

»Ja, und die Vergangenheit der Lilien ist voll von solchen Geschichten!«

Stallitzer sah verstohlen auf seine Uhr. Noch eine Lilien-Anekdote? Er war hin- und hergerissen. Aber vielleicht sprang tatsächlich noch eine dritte Story raus, die er Paul Wagner unterbreiten konnte? Sein Ehrgeiz war geweckt. Und Stallitzer musste noch nicht einmal den nächsten Schritt machen. Wagner begann wieder ganz von selbst: »Mein Opa hat mir immer gesagt, dass wir Lilien eine Familie sind. Und besonders gespürt hat man das schon 1950. Damals ging es – wie eigentlich auch heute – um alles: Die Lilien wollten in die Oberliga Süd aufsteigen. Das war damals die höchste Spielklasse, also wie heute die Erste Bundesliga. Wurde 1963 verändert, aber das ist eine andere Geschichte. Doch damals, im Aufstiegskampf 1950, da war der Torwart ausgefallen. Bei den Lilien gab es aber auch eine passable Handball-Mannschaft. Und der Stürmer dieser Mannschaft, Rolf Barth, sogar mit Doktortitel, wechselte ins Fußballlager der Lilien ins Tor. Insgesamt hat er 25 Spiele für die Lilien bestritten. Und er war der Torwart, mit dem unsere Kicker tatsächlich in die Oberliga Süd aufgestiegen sind. Wenn es mal klemmt, dann helfen alle!«

»Aufstieg in die Oberliga Süd?«, wollte Stallitzer wissen. Irgendwie musste er sich das merken, wenn er gegenüber Paul Wagner plötzlich als Experte auftreten wollte.

»Ja, Oberliga Süd. Aber Sie sprachen von Fotos?« Nun war es Wagner, der Stallitzer wieder auf Linie brachte.

»Ja. Auf zwei Ihrer Fotos war eine für uns interessante Person zu sehen.«

»Toll! Dann hat es ja was gebracht, dass ich die Fotos hochgeladen habe. Echt, der Typ sollte hinter schwedische Gardinen. In der Familie bestiehlt man sich nicht!«

»Ja. Deshalb wollen wir den Kerl auch kriegen. Kennen Sie den?«

Wagner betrachtete die Fotos, die Stallitzer ihm vors Gesicht hielt.

»Wen denn jetzt?«

»Den Mann mit dem blauen Hoody.«

»Den? Nee, der ist da nur zufällig drauf.«

»Sie wissen also nicht, wer das ist?«

»Der Typ? Keine Ahnung.«

»Habe ich mir gleich gedacht, dass da etwas nicht stimmen kann«, sagte der Bär. Das war sein Spitzname. Auch unter den Lilien-Fans.

Der Bär machte seinem Namen alle Ehre: Er wog sicher 120 Kilo, und das Haupthaar ging fließend in die restliche Körperbehaarung über. Auf den Unterarmen war jeweils eine Lilie tätowiert, die Oberarme zierten jeweils ein Bär. Doch die Illustrationen auf der Haut versteckten sich ein wenig unter den Haaren.

»Das war eine Feier! Das haben die echt verdient! Ich meine, der Lieberknecht, der hat die echt nach oben gepusht.«

Der Bär trug blaue Hosen und ein weißes T-Shirt, natürlich ebenfalls mit Lilien-Emblem. Die Wohnung des Bären war gepflegt. Er arbeitete bei der HEAG als Buchhalter. »Die Aufstiegsfeier war ja am Pfingstmontag. Glück gehabt. Konnte man einfach hingehen. Musste man keinen Urlaubstag opfern.«

Ähnliche Geschichten hatte Paul Wagner auch bei den vorigen drei Personen gehört, mit denen er gesprochen hatte. Vor einer halben Stunde hatte er mit Stallitzer telefoniert. Das Fazit: Erreicht, im Sinne von ›den blauen Hoody identifiziert‹, hatte er nichts. Aber er hatte ein paar Lilien-Anekdoten erzählt bekommen. Paul Wagner musste grinsen, als er sich vorstellte, mit welcher Begeisterung Stallitzer den Berichten gelauscht hatte.

Er zückte sein Handy, öffnete die Fotoapp und zeigte Herrn Müller das Bild von Mr. Hoody. »Auf diesem Foto, das Sie hochgeladen haben, ist dieser Mann zu sehen. Kennen Sie ihn?«

»Echt, mit so einem Teil bei dieser Hitze rumzulaufen – der hatte doch nicht mehr alle Latten am Zaun!«

»Aber Sie kennen ihn?«

»Kennen? Nee. Also hier, mit unserer Fangruppe von den Lilien hat der nichts zu tun. Also nicht, dass ich wüsste. Aber ich hab den schon mal gesehen.«

Die Worte elektrisierten Wagner. »Wo?« Es war das erste Mal, dass irgendjemand irgendetwas über diesen Mann sagen konnte.

»Is' komisch, aber das war beim Tegut. Also in der Ludwigstraße, da gleich beim Brunnen auf dem Marktplatz. Da kauf ich ja immer wieder mal ein. Und da war Einstein. Und der Typ mit dem blauen Hoody. Hatte damals genau diese Klamotten an, die er auf dem Foto anhat.«

»Einstein?«

»Na, der Kater.«

»Welcher Kater?« Irgendwie fühlte sich Paul Wagner gerade in eine andere Galaxie versetzt. Was machte ein Kater in einem Lebensmittelgeschäft? Und wieso hieß ein Kater Einstein? Und was hatte der Bär damit zu tun? Und der Mann mit dem blauen Hoody?

Der Bär lachte auf. »Einstein! Ist doch witzig. Wie der berühmte Physiker, der gesagt hat, alles sei relativ.«

»Er war der Begründer der Relativitätstheorie und der Speziellen Relativitätstheorie«, erwiderte Wagner.

»Sag ich doch... Also unser Einstein, der Kater, der wohnt im Martinsviertel. Aber er geht immer auf die Walz. Und es gibt da in Facebook eine Gruppe, die die Touren des Katers begleitet und kommentiert. Und an dem einen Tag, da war der Kater im Tegut. Und der Typ hat ihn gestreichelt. Und ich hab ein Foto davon gemacht und es in die Facebook-Gruppe hochgeladen.«

»Und Sie sind sich sicher, dass das der gleiche Mann war?«

»Klar. Ich hab ihn ja gesehen.«

»Im Tegut?«

»Ja. Im Tegut. Und bei der Aufstiegsfeier.«

»Aber da ist ja sein Gesicht nicht zu sehen.«

»Sie sind ein Witzbold. Ich habe ihn ja auch nicht fotografiert. Er ist nur zufällig auf den Bildern drauf. Was soll ich diesen Typen auch fotografieren? Aber das ist er. Der hat auch im Tegut diesen Hoody getragen.«

»Also noch mal: Der Mann, der hier auf Ihren Bildern zu sehen ist, den haben Sie im Tegut fotografiert, als er diesen Kater streichelt.«

»Ja.«

»Und auf diesem Foto ist dann auch sein Gesicht zu sehen?«

»Nee, natürlich nicht. Der guckt mich ja nicht an. Der guckt ja den Kater an, als er ihn streichelt.«

»Können Sie mir das zeigen? Also Ihren Post in der Facebook-Gruppe?«

»Klar, kein Problem.«

Der Bär holte aus einem anderen Zimmer einen Laptop, fuhr ihn hoch, loggte sich bei Facebook ein, scrollte ein wenig und landete auf seinem eigenen Beitrag von Mitte Mai.

»Einstein gesichtet im Tegut. Fühlt sich offensichtlich wohl und wird gestreichelt.« Das war der Text unter dem Bild. Die Aufnahme sah genauso aus, wie der Bär es beschrieben hatte. Doch der Ärmel des Hoodies am Arm, dessen Hand den Kater streichelte, war ein wenig nach oben gerutscht. Und auf der Haut fand sich: ein Tattoo.

»Echt schräg«, kommentierte Wagner.

Nathalie Ramsauer hatte das Bild vom Tattoo durch diverse Programme und Filter und Verbesserungsapps geschleust. Aber das, was sie sahen, machte für sie wenig Sinn: »anker OFT« waren die Buchstaben, die der Mann mit dem blauen Hoody sich in den linken Unterarm hatte tätowieren lassen.

»Das macht doch überhaupt keinen Sinn«, stellte auch Stallitzer fest.

Nathalie Ramsauer gab keinen Kommentar von sich.

Natürlich gab es vor den Buchstaben ›anker‹ sicher noch weitere, die vom Ärmel des Hoodys verdeckt wurden. Aber ›Banker OFT‹ machte auch nicht wirklich Sinn. Ebenso wenig wie ›Tanker OFT‹.

Stallitzer spielte in Gedanken alle Optionen durch: ›Panker OFT‹ hätte nur auf mangelnde Rechtschreibkenntnisse des Tätowierers hingewiesen. Punker schrieb man nun mal mit

›u‹. ›Zanker‹ gab es immerhin, aber was eine Waschmaschinenfirma und OFT gemeinsam hatten – der Mann hatte sich ganz bestimmt keine Erinnerung daran auf den Unterarm tätowieren lassen, dass er seine Klamotten öfter waschen sollte.

»Wir müssen anders denken«, sagte nun auch Nathalie Ramsauer.

Weder er noch Paul Wagner widersprachen ihr. Aber zumindest er, Stallitzer, hatte keine Idee, wie er anders denken sollte. Für ihn war diese Tätowierung einfach nur kryptisch.

»Wie sollen wir anders denken?«

»Indem wir uns nicht zu sicher fühlen, dass das, was wir sehen, auch das ist, was existiert.«

»Was willst du uns denn damit sagen?«, hakte Wagner nach.

»Na ja, wenn wir auf das Foto blicken, dann sehen wir ›anker OFT‹. Aber ist das wirklich das, was dort steht? Ich meine, das ist ein Tattoo. Schau dir doch mal dieses ›n‹ von ›anker‹ an. So ganz frisch scheint diese Tätowierung nicht mehr zu sein. Ist schon ein wenig verblasst und unscharf. Vielleicht stand statt dem ›n‹ dort eigentlich einmal ein ›m‹? An so was denke ich. Wir müssen ein bisschen flexibler herangehen.«

Stallitzer starrte auf die Aufnahme.

Auch Kollege Paul Wagner fixierte das Foto.

Aber die Buchstaben verwandelten sich nicht. Und auch ihre Erkenntnis veränderte sich nicht.

So standen sie um den Schreibtisch von Nathalie Ramsauer herum. Hingen ihren Gedanken nach, kamen aber auf keinen grünen Zweig.

»Ich brauch jetzt mal einen Süßi. Vielleicht bringt der die grauen Zellen wieder in Schwung«, sagte Stallitzer. Die beiden anderen reagierten nicht. »Mag jemand von euch einen Zucker-Booster?«

Die beiden reagierten immer noch nicht.

Um zum Automaten der Glückseligkeit zu gelangen, musste man einen Stock in die Tiefe gehen oder mit dem Aufzug fahren. Stallitzer wählte die Treppen. Ganz am Ende des Ganges, unmittelbar neben der Eingangstür zur Rechtsanwaltskanzlei stand ein Automat, der alles, was mehr als ein Drittel Zuckeranteil hatte, für wenig Geld zur Verfügung stellte. Unter anderem Weberli. Stallitzer liebte die kleinen abgepackten Schokotörtchen mit weißer Füllung von der Größe einer Frikadelle. Zwar hatten die heute einen anderen Namen, ›Puk's‹, aber für ihn würden es immer ›Weberli‹ bleiben. Er warf zwei Euro in den Automaten, und schon spendierte dieser zwei Weberli.

Stallitzer öffnete die Plastikverpackung des einen und biss herzhaft in das kleine Kakaotörtchen. Als er wieder im Büro von Nathalie Ramsauer ankam, öffnete er das zweite. Es gibt diese Momente der Ungeschicklichkeit. Die Koordination der beiden Hände versagt, simple Aufgaben wie das Aufreißen der Plastikverpackung eines Zuckersnacks misslingen. So auch bei Stallitzer: Der Weberli landete ohne Verpackung auf dem Boden. Stallitzer beugte sich nach unten, um das Törtchen aufzuheben. Als er gerade die Finger um das Teigprodukt gelegt hatte, hörte er Wagners Stimme: »Stopp, lass es liegen.«

Stallitzer traute seinen Ohren kaum.

Er starrte auf das Törtchen auf dem Boden und fragte sich, wieso um alles in der Welt er es nicht aufheben sollte. Ganz dunkel hallte in seinem Kopf ein Begriff nach, die Drei-Sekunden-Regel. Wenn etwas auf den Boden gefallen war und man es innerhalb von drei Sekunden aufhob, sollten sich die Bakterien, die auf dem Boden lebten, noch nicht auf dem Nahrungsmittel niedergelassen haben. Und nun lag sein Weberli auf dem Teppich. Und niemand rettete es. Es war verloren, den Keimen hilflos ausgeliefert.

»Scheiße«, flüsterte Wagner.

»Kannst du mir jetzt mal erklären, was hier los ist?«, wollte Stallitzer wissen.

»Siehst du das ›r‹, das einmal ein ›n‹ war?«, fragte Wagner und starrte nach wie vor auf Stallitzers Törtchen auf dem Boden.

Als Nathalie Ramsauer ins Geschäft eingestiegen war, hatte sie Wagner um einen Teppich gebeten. Das Knüpfwerk war in dunklem Braun gehalten. In Weberli-Braun, wie Stallitzer nun feststellte. Darauf wanden sich in einer Mischung aus Beige und Ockergelb Ornamente. Schleifen, Bögen, Kringel – Stallitzer hatte da nicht so den Blick für. Und nun lag sein Weberli-Törtchen auf einem dieser ominösen Schlangen-Fragmente.

Wagner kniete sich nun neben das Törtchen. »Das ist es!«, rief er fast ekstatisch.

»Was ist was?«

Wagner hob das Törtchen an, und darunter war ein Teil einer ockerfarbenen Linie zu sehen. Dann legte er das Törtchen wieder auf dem Teppich ab. Keine Chance mehr, es ohne Fusel, Haare oder Bazillen zu verspeisen.

»Wir sehen nicht, was früher da war«, ergänzte Wagner kryptisch.

»Kann ich mein Küchlein jetzt unter Wasser halten und dann essen?«, wollte Stallitzer wissen.

»Ja, nimm es mit. Danke Helmut!«

Stallitzer hob das Törtchen auf, verließ das Büro, ließ in der Küche Wasser darüberlaufen – zum Glück war die Fettglasur intakt geblieben – und biss herzhaft in sein Lieblingssüßi.

Als er ins Büro zurückkam, hörte er Wagner sagen: »Ich hab's. Das ›r‹ ist kein ›r‹, sondern ein ›n‹. ›anken‹ muss es richtig heißen.«

Stallitzer schluckte den letzten Bissen hinunter. Aber was Wagner sagte, erschloss sich ihm nicht.

Wagner trat an einen der Monitore auf Nathalie Ramsauers Tisch und deutete mit dem Finger auf das ›r‹ von ›anker‹. »Das heißt ›anken‹. Und der Buchstabe davor ist ein ›d‹. ›Danken‹ – das ist das, was dort geschrieben steht.«

Stallitzer starrte auf den Monitor. »›Danken OFT‹ macht jetzt auch nicht wirklich viel mehr Sinn«, postulierte er.

Wagners Blick pendelte zwischen Nathalie und Stallitzer hin und her. »Das ist der zweite Fehler. Schau dir doch mal dieses ›T‹ an. Der Querstrich des Buchstabens ist kaum auszumachen. Und auch der Strich nach unten ist nicht ganz durchgezogen. Da ist eine kleine Unterbrechung im unteren Teil. Und das alles nicht ohne Grund. Denn es handelt sich überhaupt nicht um ein ›T‹.«

Stallitzer sagte nichts, denn er verstand nichts.

Nathalie Ramsauer war da deutlich schneller: »Es ist ein Ausrufezeichen«, meinte sie. »Bravo, Paul, das war richtig gut!«

Stallitzer begriff immer noch überhaupt nichts.

Sowohl Nathalie Ramsauer als auch sein Kollege Paul Wagner schauten ihn nun direkt an. Und sie sagten fast unisono: »Wir danken OF – Ausrufezeichen.«

»Kann mir jetzt mal irgendjemand erklären, was das bedeuten soll?«

Wagner ließ sich nicht zweimal bitten. »2013, da waren die Lilien in der Dritten Liga. 2011 sind sie dorthin aufgestiegen. Und am Ende der Saison 2013, da waren sie Absteiger. Ende. Aus. Zurück in den Keller. Aber die Offenbacher Kickers haben uns damals den Arsch gerettet. Die Kickers hatten echte finanzielle Probleme. Also so richtige. Kennen wir ja auch von den Lilien, 2008. Aber der DFB-Lizenzierungsausschuss entzog den Kickers die Lizenz. Und damit blieben wir, die Lilien, in der Dritten Liga. ›Wir danken OF!‹ oder vielleicht auch ›Die Lilien danken OF!‹ – das ist das, was wir hier lesen können.«

Stallitzer kombinierte blitzschnell: »Also auch ein Lilien-Fan?«

»Ja. Aber ein Lilien-Fan, den niemand kennt. In all den Kommentaren taucht er nicht auf. Er ist auf Fotos zu sehen, auf Videos, aber niemand erkennt ihn. Er ist wie ein – Geist.«

Ein weiteres Rätsel hatte sich in diesem seltsamen Fall aufgetan, der damit begonnen hatte, dass sie eigentlich nur einen kleinen, silbernen Anstecker wiederfinden sollten. Jetzt gab es eine seltsame Firma in Schottland. Einen Dieb, der großer Lilien-Fan war, den aber niemand aus der Szene zu kennen schien. Ach ja, und es gab einen Auftraggeber, der ihnen offensichtlich auch nicht alles erzählt hatte. Super Fall. Stallitzer war begeistert.

Nathalie hatte wieder einen guten Job gemacht: Sie hatte eine Liste der Tattoo-Studios erstellt. Allein in Darmstadt gab es an die 20, in den umliegenden Gemeinden ungefähr noch mal so viele. Auch die Öffnungszeiten waren jeweils angegeben. Das entpuppte sich als wichtig, denn einige Studios öffneten bereits um neun Uhr, andere erst am Nachmittag. Stallitzer und Wagner hatten beschlossen, zunächst Darmstadt abzugrasen, und, sollte sich das als nicht erfolgreich erweisen, danach die umliegenden Orte.

In den Studios zeigten sie das Foto des Unterarms, das Nathalie auch noch etwas hatte schärfen können. Einige der Tätowierer waren angestellt und zu jung, um dieses Tattoo gestochen haben zu können. »Der Chef kommt erst am Abend rein«, sagten viele. Und so markierten sie die Studios der Liste, die sie nochmals aufsuchen mussten. Zwischendurch hatten sie sich bei Asia-Dang-Dragon in der Dieburger Straße noch schnell etwas für den Magen geholt. Obwohl Schnell-Imbiss, war das Essen dort immer extrem lecker. Hatte Stallitzer zumindest in den vergangenen fünf Jahren festgestellt.

Das nächste Tattoo-Studio auf ihrer Liste befand sich am Anfang der Lauteschlägerstraße.

Sie waren mit Stallitzers Wagen unterwegs. Vielleicht war es nicht sinnvoll, die Stationen der Liste mit der Fünf-Meter-Limousine abzuarbeiten. Aber Stallitzer hatte immer wieder die Erfahrung gemacht, dass man in einem Fall von jetzt auf gleich eine Verfolgung aufnehmen musste. Und da waren die 492 PS unter der Haube eine gute Versicherung.

Aus dem Radio ertönte leise Musik. »By the rivers of Babylon« von Boney M.

»Falscher Text«, brummte Wagner.

Bevor Stallitzer dämmerte, dass auch dies wieder nur der Auftakt zu irgendeiner Lilien-Anekdote war, hatte er die Frage schon ausgesprochen: »Falscher Text? Den hat Boney M. immer so gesungen.«

»Falscher Text«, beharrte Wagner. »Heißt eigentlich ›Hab dich in Flieden kämpfen sehn‹.«

»Deutsche Schlagerversion?«

»Nein, das ist die Version von ›Maladd in de tête‹.«

»Ah, die sind doch mal mit den Rolling Stones aufgetreten, oder?«

Wagner schaute Stallitzer entgeistert an. Der sah zwar auf die Straße, konnte aber aus den Augenwinkeln Wagners Gesichtsausdruck erkennen. Es fiel ihm schwer, nicht zu grinsen.

»Mit den Stones? Quatsch!«

Nun lachte Stallitzer doch auf. »Muss ich wohl verwechselt haben.«

»Nein, die Gruppe hat vor einem Jahr die Lilien-Lieder eingespielt und auf CD gebrannt. Coole Songs, die man als Lilien-Fan einfach kennen muss.«

»Aha«, nahm Stallitzer die Aussage zur Kenntnis.

»Willst du mal hören?«

Bevor Stallitzer ein Nein formulieren konnte, drehte Wagner die Lautstärke des Radios auf null und begann zur selben Melodie wie eben zu singen:

»Hab dich in Flieden kämpfen sehn,
in Waldmichelbach,
ich werd es nie vergessen,
Oberliga Hessen.«

»Okay, okay, okay«, sagte Stallitzer. »Du kannst aufhören, wir sind gleich da. Und wo bitte ist Flieden?«

»20 Kilometer südwestlich von Fulda.« Auch wenn er gar nicht gefragt worden war, ratterte Wagner natürlich die Spieldaten herunter: »2003 das erste Spiel, in Flieden, 1:1. 2004 das nächste, Heimspiel. Haben wir dann auch 3:1 gewonnen.«

»Paul, lass es. Bitte.«

Das Flehen war vergeblich: »2007 in Flieden 3:0 gewonnen, dann 2008 das letzte Spiel gegen die Jungs aus Flieden, bei uns zu Hause, 2:0.«

Stallitzer sah es zumindest als kleinen Sieg an, dass Wagner nicht auch noch Monate, Tage, Zuschauerzahlen und die Namen der Schiedsrichter genannt hatte.

Sie hatten sich den Ort des Tattoo-Studios auf Google Earth angeschaut. Mit ein bisschen Glück konnten sie durch eine Toreinfahrt hinter das Haus fahren und den Wagen vor dem Hinterhaus, das sie aufsuchen wollten, einfach abstellen. Sie hatten Glück. Der Durchgang unterm Vorderhaus war nicht verschlossen. Und so wummerte das Fahrzeug durch die Durchfahrt. Stallitzer stellte den Boliden zwischen Hinterhaus und Wäschespinne ab.

Das etwas heruntergekommene Gebäude beherbergte das Studio »98er«. Neben der schon ein klein wenig in die Jahre geratenen Haustür aus Holz fand sich nur ein Briefkasten, aber keine Klingel. Dafür zierte ein Schild die Tür, auf dem in Schnörkeln stand: »Komm rein«.

Wagner sah Stallitzer an, griff beherzt an die Klinke. Die Tür quietschte sich nach außen auf. Aus dem Inneren drang leise Musik. In Paul Wagners Kiste der Vorurteile fand sich auch folgendes: »Tätowierer hören Heavy Metal.« Dieses Klischee musste er revidieren, zumindest in diesem Fall. Sanfte Jazz-Klänge durchdrangen den Raum. Wagner meinte auch so etwas wie ein metallenes Xylophon zu hören. »Lionel Hampton auf dem Vibraphon«, raunte Stallitzer, der das Fragezeichen auf Wagners Stirn offensichtlich richtig interpretiert hatte.

»Hallo?«, rief Wagner in den Raum hinein. Der war nicht besonders groß, maß vielleicht zehn Quadratmeter. Eine kleine Empfangstheke stand an der hinteren Wand. Die Mauern waren unverputzt und fast ausschließlich vollständig mit Fotografien von Tattoos gepflastert.

Auf einem kleinen Tisch, neben dem zwei abgesetzte Stühle standen, lagen vier Leitzordner. Das war offenbar der Katalog der bereits gestochenen Motive und der Vorlagen.

Neben dem Empfangsbereich führte ein Durchgang nach hinten. Durch diesen trat nun ein Mann in den Raum. Paul

Wagner schätzte ihn auch vielleicht auf so was um die 40 Jahre. Er erinnerte Wagner an den Lilien-Spieler, dem er auf der Aufstiegsfeier zugeprostet hatte: Marco ›Toni‹ Sailer. Das lag besonders daran, dass der Mann einen wallenden Rauschebart trug, aber das Haupthaar kurz. Das Muscle-Shirt zeigte, dass sich weder auf den Armen, den Händen noch der oberen Brust auch nur ein Quadratzentimeter untätowierter Haut befand. Der Mann stand für seinen Beruf.

»Lionel Hampton, cool!«, sagte Stallitzer statt einer Begrüßung. Der Mann schien auch kein Freund überflüssiger Worte und reckte nur den Daumen nach oben.

»Moinsen«, übernahm Wagner das Grüßen.

»Salve«, erwiderte der Mann mit einer ebenfalls eher unüblichen Floskel.

»Wagner und Stallitzer. Wir sind private Ermittler. Und suchen einen Mann.«

»Oh, da kommen jeden Tag viele hier rein«, versuchte sich der König der Tinte in Humor.

»Wir suchen einen bestimmten«, erwiderte Paul Wagner und zog sein Handy aus der Tasche. Er wischte kurz übers Glas, dann zeigte er Mr. Rauschebart das Foto des Tattoos. »Haben Sie das mal gestochen? Kann schon ein paar Jahre her sein. Ist aber nicht älter als 2013.«

»Ach du Scheiße«, flüsterte der Tattoo-Künstler. »Ich hoffe nicht, dass ich Ihnen hier helfen muss, eine Leiche zu identifizieren, oder?«

»Nein. Wir müssen nur wissen, wer das ist.«

»Hat er was ausgefressen?«

»Wissen Sie denn, wer das ist?« Wenn man eine Frage nicht beantworten wollte, so erwies es sich zumeist als hilfreich, eine Gegenfrage zu stellen.

»Den Namen habe ich jetzt nicht parat. Aber ich erinnere mich sehr gut daran, wie ich ihn mit dem Tattoo versorgt habe, damals. War definitiv keine meiner besten Arbeiten. Sieht man auch schon auf dem Foto. Ist ja schon so verblasst und verwaschen, dass Sie das mit irgendeiner Software aufhübschen mussten.«

»Der Name Ihres Studios lautet ›98er‹ – tätowieren Sie vorwiegend Lilien-Fans?«

»Nein, das hatte ich damals gar nicht auf dem Schirm. Ich habe das Studio 1998 eröffnet, im März, glaube ich. Ja, da bin ich grad volljährig geworden. Das Haus gehörte einmal meinem Opa, und er hat mir erlaubt, mich hier einzurichten. Außerdem hatte meine damalige Freundin am 9. August Geburtstag, also am 9.8. Und die 98er, die waren zu jener Zeit gerade dabei, von der Dritten Liga in die Vierte Liga abzusteigen. Da gab es nur wenige, die sich überhaupt irgendein Lilien-Emblem in die Haut stechen lassen wollten. Sorry, ich hab mich noch gar nicht vorgestellt. Ich heiße Georg Reeg.«

Paul Wagners Gesicht verwandelte sich in ein Strahlen: »Echt?«

»Äh, ja? Was ist mit dem Namen?«

»Ihr Namensvetter war einer der Torkönige der Lilien! 51 Tore hat der erzielt, 208-mal stand der auf dem Platz – zwischen 1946 und 1955. Ich ziehe den Hut! Auch wenn Sie natürlich nichts für Ihren Namen können.«

»Das Foto«, unterband Stallitzer Wagner, der gerade Luft holte, um vielleicht noch weitere Details über diesen hochverdienten Spieler von sich zu geben.

»Wie Sie gesagt haben, das war im Sommer 2013, als der Mann zu mir ins Studio kam. Also, seit dem Aufstieg in die Dritte Liga kamen tatsächlich immer wieder Leute in mein

Studio, also wegen des Namens. Die haben sich dann reihenweise Lilien tätowieren lassen. Aber der Mann, der wollte keine Lilie. Denn der hatte schon zwei. Eine auf der rechten Schulter, eine auf der linken. Er kam am frühen Nachmittag zu mir. Ich hatte gleich Zeit für ihn. Waren nicht so die goldenen Zeiten für mich. Das war ein Tag, an dem alles schiefgegangen war, was hatte schiefgehen können. Drei Tage zuvor habe ich im großen Stil neue Farben eingekauft. Angeblich besser, definitiv billiger. Aber sie waren das Gegenteil von besser. Dennoch musste ich sie verwenden – sie in die Tonne zu hauen, um wieder die teureren zu kaufen, den finanziellen Spielraum hatte ich einfach nicht.

Dazu kam, dass ich in der ganzen Nacht zuvor kein Auge zugetan hatte, weil die Drillinge, gerade eineinhalb Jahre alt, schön nacheinander nachts geweint und gequengelt haben. Meine Frau war natürlich ebenso ausgeschlafen wie ich. Am Morgen waren die Kids mit roten Pusteln aufgewacht. Windpocken. Und die haben gejuckt wie Sau, anders kann man's nicht ausdrücken. Und meine Frau hatte schon dreimal angerufen, ich solle einfach die Tür vom Studio zumachen und zu ihr kommen und sie unterstützen. Aber, wie gesagt, 2013 war ein sehr knappes Jahr. Als dieser Mann dann ins Studio kam, klingelte wieder das Telefon. Aber ich bin nicht drangegangen. »Danke, OF!«, das wollte er tätowiert haben. Und ich fange an zu stechen, bin in Gedanken die ganze Zeit bei Frau und Kindern und dem super Abend, dem ich nun entgegensehen würde. Und als ich beim ›n‹ bin, da sehe ich, dass ich den ersten Buchstaben klein geschrieben habe. Und ich brülle ›scheiße!‹, was natürlich das Vertrauen des Kunden nachhaltig gestärkt hat. Er hat sofort den Arm weggezogen und hat auch laut geflucht.

So was ist mir vorher nicht einmal passiert. Ich hätte ja vorgeschlagen, einfach einen großen Bogen um das kleine ›d‹ zu machen. Aber das ›a‹ danach war ja schon geschrieben. Da war kein Platz mehr. Wir haben eine Viertelstunde rumdiskutiert, während wieder das Telefon geklingelt hat. Und haben uns dann auf ›Wir danken OF!‹ geeinigt. Ich habe das fertig gestochen. Und ihm dann 50 Prozent Rabatt gegeben. Was eigentlich unverschämt war. Genau genommen hätte ich gar nichts berechnen dürfen. Aber, wie gesagt, damals musste ich auf jeden Euro gucken.«

»Er hat also bezahlt?«

»Ja. Hat natürlich geknurrt. Und dann hat er auf eine korrekte Rechnung bestanden.«

»Rechnung? Dann haben Sie doch ganz bestimmt irgendwo seinen Namen. Und sogar seine Adresse?«

»Ich kann mal nachschauen.« Georg Reeg ging um den Empfangstresen herum. Auf der Theke stand ein Monitor, daneben lagen eine Tastatur und eine Maus.

Zwei Minuten später sagte Reeg: »Rüdiger Semmel. Wohnte zumindest damals auch hier in der Lauteschlägerstraße, aber weiter vorne, kurz vor dem Kantplatz.«

»Du hast doch bestimmt ein Tablet dabei, oder?«, fragte Stallitzer, als sie auf die Straße traten.

»Ja, natürlich.«

Stallitzer deutete auf das schräg gegenüberliegende Café »Blue«. »Cappuccino? Und du daddelst ein bisschen darauf herum und schaust mal, was Google über unseren Herrn Semmel ausspuckt?«

Stallitzer gönnte sich sogar ein Stückchen Kuchen, während Wagner die Informationsmaschinerie anzapfte.

»Viel ist es nicht«, sagte er nach kurzer Zeit. »Semmel hat eine eigene Webseite. Er tritt als Zauberer auf. Da, schau.«

Wagner drehte das Tablett so, dass Stallitzer ebenfalls darauf blicken konnte. Unter ›Mein Angebot‹ fanden sich die Rubriken Firmenevents, Firmenjubiläen, Messen sowie Hochzeiten, Familienfeiern und Kindergeburtstage. Wagner tippte auf den Reiter ›Über mich‹.

Semmel war 1980 in Trier geboren worden, aber in Darmstadt zur Schule gegangen. Es folgten viele warme Worte, die unterm Strich bedeuteten: »Ich versuche mich mit meiner Kunst einigermaßen über Wasser zu halten.« Es gab auch einen Reiter mit der Überschrift ›Referenzen (Auswahl)‹, chronologisch zurückreichend bis 23 Jahre zuvor. 2000 hatte er also mal für die Firma Merck einen Auftritt gehabt. Dann drei Auftritte bei kleineren Messen, alle im Umkreis von 20 Kilometern.

In den vergangenen 15 Jahren waren nur noch zwei Hochzeiten und fünf Kindergeburtstage aufgeführt. Seit sieben Jahren gab es gar keine Referenz mehr – oder Rüdiger Semmel hatte einfach seine Webseite nicht gründlich gepflegt.

»Er hat eine Facebook-Seite. Die hat seit acht Jahren keinen neuen Eintrag erhalten. Sieht alles etwas traurig aus.«

»Hast du noch mehr gefunden über seinen Lebenslauf?«

»Würde ich sicher finden, wenn ich mir bisschen Zeit nehme. Aber hier und jetzt auf die Schnelle? Aber, ich glaube, wir haben schon einen ganz guten Eindruck. Und die Profession passt ja perfekt zu den Qualitäten, die man als Taschendieb braucht.«

Stallitzer zahlte Kuchen und Cappuccini, dann machten sie sich auf.

»Beweisen können wir ihm aber nichts«, sagte Wagner zu Stallitzer, als sie das Café verließen.

»Nein. Können wir nicht. Aber wir haben ja schon festgestellt, dass er ziemlich sicher einen Auftraggeber hat. Und ich denke, zu dem wird er uns führen, wenn wir ihm ein bisschen Druck machen.«

»Klingt wie ein guter Plan.«

»Lass mich besser reden«, forderte Stallitzer seinen Kollegen auf.

Rüdiger Semmel war tatsächlich zu Hause und öffnete Stallitzer und Wagner bereits nach dem ersten Klingeln die Tür, ohne die Gegensprechanlage zu benutzen. Er wohnte im Dachgeschoss, und so mussten die beiden fünf Stockwerke erklimmen.

»Wer sind Sie?«, fragte er bereits, als die Männer die letzten Treppenstufen erklommen. Offensichtlich hatte er jemand anderen erwartet.

Er verschwand wieder in der Wohnung und wollte die Tür schließen. Doch Stallitzer war schneller und schob einen Fuß zwischen Tür und Rahmen. »Nun mal nicht so schnell«, intervenierte Stallitzer.

»Ich ruf die Polizei!«

»Wir wollen Ihnen nichts tun, wir wollen Sie auch nicht ausrauben, wir haben nur ein paar Fragen an Sie.«

Semmel wurde lauter, als er sich wiederholte und erneut ausrief: »Ich ruf die Polizei!«

Stallitzer bewegte den Fuß nicht von seinem Platz. »Vielleicht ist das gar keine schlechte Idee. Wir möchten Ihnen nämlich ein paar Fragen zur Aufstiegsfeier auf dem Karolinenplatz stellen. Ich kann mir vorstellen, dass die Polizei das ebenfalls interessieren würde.«

Der Satz von Stallitzer war wie ein Schalter, der Semmels Wortproduktionsfabrik einfach den Strom abdrehte.

Stallitzer schwang die Wohnungstür auf, die beiden Detektive traten ungefragt ein.

»Kommen Sie mit«, forderte Semmel sie nun auf. Stallitzer überschlug den Schnitt der Wohnung. Sie war kaum größer als 40 Quadratmeter. Semmels schlaksige Statur in Kombination mit der Einrichtung der Wohnung erinnerte Stallitzer ein wenig an das Bild »Der arme Poet« von Carl Spitzweg. Wahrscheinlich war das Dach nicht ganz so undicht, und garantiert gab es ja auch eine Heizung – aber die Einrichtung war sicher so alt wie ihr Besitzer, und der zählte laut Webseite 43 Lenze.

Im Wohnzimmer, in dem sich auch eine Kochnische befand, bemühten sich zwei durchgesessene Sofas, die Gäste dazu einzuladen, sich niederzulassen. Als alle drei saßen, zückte diesmal Stallitzer sein Handy und zeigte Semmel die ›Best of‹ der Fotografien und Videosequenzen, auf denen er zu sehen war.

»Das soll ich sein?«

Es war Paul Wagner, der ihm das Bild mit dem Kater Einstein und dem ihn kraulenden Rüdiger Semmel zeigte.

»Und? Was soll das beweisen?« Semmels Stimme hatte wieder ein bisschen an Kraft gewonnen.

»Herr Semmel, nach der Aufstiegsfeier sind bei der Polizei 21 Taschendiebstähle angezeigt worden. Und es gibt einige Indizien, die darauf hindeuten, dass Sie der Dieb sind.«

»Indizien?«

»Indizien.«

»Keine Beweise?«

»Nun, die einen sagen so, die anderen so«, gab sich Stallitzer kryptisch.

»Sie sind nicht von der Polizei. Was wollen Sie von mir?«

»Herr Semmel, es ist ganz einfach. Ich stelle Ihnen jetzt zwei Fragen. Wenn Sie diese wahrheitsgemäß beantworten, sind Sie uns auch schon wieder los.« Er holte nur kurz Luft, dann sprach er weiter: »Waren Sie es, der diese Taschendiebstähle auf der Aufstiegsfeier begangen hat?«

Semmel schaute in Richtung Wagner, hoffte vielleicht, dass der ihm irgendwie zur Seite springen würde. Was nicht passierte.

»Und wenn Sie diese Frage mit ›Ja‹ beantworten, dann würden wir gerne wissen, wer Sie beauftragt hat.«

Stallitzer entschied sich, keine weiteren Informationen preiszugeben. Weder darüber, dass die gestohlenen Dinge wiedergefunden worden waren, noch darüber, dass sie auf der Suche nach der silbernen Lilie waren.

»Nein ist die Antwort auf Ihre erste Frage. Womit es keine Antwort auf Ihre zweite Frage gibt.«

Stallitzer nickte bedächtig. Und musste schmunzeln, als er sah, wie Paul Wagner dieses Nicken zu imitieren versuchte.

Semmel erhob sich. »Darf ich Sie dann bitten, zu gehen?«

»Selbstverständlich«, sagte Stallitzer und erhob sich ebenfalls. Wagner folgte der Bewegung in die Senkrechte.

Mit dem Satz »Herzlichen Dank für Ihre Zeit« verabschiedete sich Stallitzer. Wagner nickte Rüdiger Semmel nur zu.

Noch im Treppenhaus fragte Wagner Stallitzer: »Und jetzt?«

»Jetzt fresse ich einen Besen, wenn Semmel nicht innerhalb der nächsten 20 Minuten das Haus verlässt und jemanden aufsucht, der mit ihm in diese Sache verstrickt ist. Im Idealfall der Auftraggeber.«

»Glaubst du, Semmel hat ein Auto?«

»Keine Ahnung. Wir machen das ganz einfach so. Du stellst dich in die Hauseinfahrt schräg gegenüber, ich setze mich ins Auto. Ganz egal, was er macht, wir bleiben an ihm dran. Und wir bleiben über Handy verbunden.«

Stallitzer saß in seinem Wagen. Er hatte die Lautstärke sehr moderat eingestellt, als er ein wenig Chopin über die Boxen laufen ließ. Er hatte den Tätowierer Georg Reeg gefragt, ob er mit dem Wagen noch eine Weile hier stehen könne, was dieser gestattet hatte.

Zehn Minuten, nachdem Stallitzer es sich gerade gemütlich gemacht hatte, rief Wagner an. »Er verlässt das Haus.«

»Und wo geht er hin?«

»Weiß ich noch nicht, ich folge ihm. Er geht die Magdalenenstraße hoch.«

Stallitzer startete den Motor. Den Wagen hier zu wenden, das war nicht möglich. Oder er hätte die Rasenfläche des Gartens ruiniert.

»Er geht zur Haltestelle«, sagte Wagner.

Stallitzer fuhr den Wagen rückwärts durch die Durchfahrt. Dann stellte er sich einfach an den Straßenrand, ließ den Motor tuckern.

»Er steigt in den F-Bus Richtung Stadt. Ich fahre mit.«

Stallitzer entschloss sich, parallel zum Bus zu fahren. Schließlich wussten sie nicht, was Rüdiger Semmel im Schilde führte. Konnte ja sein, dass er mit dem Bus zu einer Haltestelle fuhr und dort in ein Auto stieg. Dann war es gut, wenn auch Stallitzers Wagen vor Ort war.

Die nächste Meldung von Paul Wagner besagte, dass Semmel am Hauptbahnhof den Bus verlassen hatte und das Bahnhofsgebäude betrat.

»Er steigt in die S3 nach Bad Soden. Ich fahr mit.«

Stallitzer dankte noch einmal der Bundesregierung, dass sie das 49-Euro-Ticket auf den Weg gebracht hatte, mit dem man im gesamten Bundesgebiet alle Nahverkehrsmittel inklusive den Regionalzügen benutzen durfte. Vor drei Jahren war es ihm passiert, dass er einen Verdächtigen zu Fuß verfolgt hatte, der in eine S-Bahn gestiegen war, und Stallitzer hinterher. Und natürlich war er kontrolliert worden, hatte keinen Fahrschein gehabt und war aus der S-Bahn hinaus eskortiert worden. Mit diesem bundesweiten Pauschalfahrschein, den es jetzt gab, wurde ihm, Stallitzer, das Leben deutlich leichter gemacht – und in diesem Falle auch Paul Wagner, denn Wantrupp & Wantrupp hatte dieses Ticket für alle Detektive zur Pflicht gemacht – und die Kosten übernommen.

Stallitzer fuhr parallel zur S-Bahn, natürlich über die Landstraße und durch die einzelnen Orte. Arheilgen, Wixhausen, Erzhausen, Egelsbach – das war alles kein Problem. Nur in Langen holte die S-Bahn wirklich auf, weil Stallitzer sich durch eine rote Welle quälen musste.

Immer, wenn Stallitzer an Langen vorbeifuhr, musste er sich an eine komische Situation erinnern: In der Stadt gab es ein physiotherapeutisches Zentrum mit dem seltsamen Namen Neuron. Sie waren auf Menschen mit neuro-orthopädischen Erkrankungen spezialisiert und hatten ihn damals mit seinen Rückenbeschwerden behandelt.

Als er für die letzte Sitzung auf den Parkplatz gefahren war, hatte er dort exakt neben dem gleichen Wagen geparkt, den er selbst fuhr. Sogar die graue Lackierung hatte übereingestimmt. Wer, außer ihm, fuhr noch so einen Dodge Charger in dieser Ausführung, hatte er sich damals gefragt. Und es leider nie herausgefunden.

Er konzentrierte sich wieder auf die Straße. Richtig spaßig wurde es wenig später in Frankfurt. Stallitzer versuchte, eine Route zu wählen, die so nah wie möglich an den S-Bahnhöfen innerhalb der Stadt entlangführte.

»Wir steigen jetzt am Frankfurter Hauptbahnhof aus.«

Auch Stallitzer hatte den Ort inzwischen erreicht. Mit Warnblinkanlage stellte er sich ins Halteverbot.

»Wir steigen in den Regionalexpress nach Gießen. Die nächste Station ist dann Griegtal.«

Stallitzer steuerte seinen Wagen aus der Stadt heraus, Richtung Autobahn. Und stand tatsächlich bereits drei Minuten vor dem Eintreffen des Zuges am Griegtaler Bahnhof.

»Wir steigen aus in Griegtal«, sagte Wagner.

Zwei Minuten später sah Stallitzer Semmel aus dem Bahnhofsgebäude treten. Zehn Sekunden später seinen Kollegen Wagner. Wagner sah seinen Wagen, machte aber keine Geste in seine Richtung. Sekunden später waren die beiden aus seinem Blickfeld verschwunden.

»Er geht immer noch zu Fuß. Ich folge ihm weiter.«

Wagner hatte mit Stallitzer seinen Standort geteilt, sodass der auf seinem Handy sehen konnte, wo Wagner sich gerade befand.

»Er geht zu einem Bürogebäude. Klingelt, aber ich kann nicht sehen, wo.« Kurze Pause, dann fuhr Wagner fort: »Er betritt das Gebäude.«

»Mach ein Foto. Von dem Klingelbrett.«

»Erledigt. Und jetzt?«

Stallitzer überlegte. Sie konnten jetzt natürlich zwei Stunden vor Ort stehen und warten. Aber vielleicht hatte Semmel mit dem, den er besuchte, einen anderen Ausgang gewählt, durch den sie das Haus verlassen hatten. Oder sie stiegen gemeinsam in einen Wagen in der Tiefgarage des Gebäudes. Es gab einfach zu viele Möglichkeiten. »Komm zurück.«

Fünf Minuten später saß Wagner in Stallitzers Dodge.

»Wie viele Klingeln gab es am Eingang?«

»Acht mal sechs. Also 48.«

Stallitzer seufzte.

Auf der Rückfahrt von Griegtal nach Darmstadt rief Wagner Richard Fenske an: »Hallo, Richard, störe ich? Hast du fünf Minuten Zeit?«

»Klar, für dich immer. Worum geht es?«

»Ich schicke dir jetzt ein Foto von einem Klingelschild mit 48 Namen. Bitte sag mir, wenn du einen davon kennst. Also, wenn da jemand drunter ist, mit dem du irgendwie zu tun hast. Vielleicht ist einer dein Klient?«

Während er sprach, schickte er das Foto an Fenskes Handynummer. »Wenn dir einer der Namen irgendetwas sagt, gib Bescheid.«

»Ist das der Kreis der Verdächtigen?«

»Nein. Aber wir sind auf ein Gebäude gestoßen, neben dessen Eingangstür eben 48 Klingeln sind. Wenn du einen Namen davon kennst, könnte uns das weiterbringen.«

»Ja, das Foto ist angekommen. Moment bitte.«

»Und? Sagt dir irgendeiner der Namen etwas?«, wollte Paul Wagner nach ein paar Sekunden wissen.

»Nein, keiner, der mir irgendetwas sagt.«

Klang ehrlich, dachte Wagner, verabschiedete sich und beendete das Gespräch.

Stallitzer sprach aus, was offensichtlich auch Wagner dachte: »Ich muss da jetzt mal laut denken. Ich habe den Eindruck, dass uns alle etwas verheimlichen. Das fängt an mit deinem Richard Fenske. Der sagt uns nicht alles. Der will seine Lilie wiederhaben, gebongt. Aber irgendwie scheint da inzwischen viel mehr dahinterzustecken. Und weshalb mauert der so, wenn es um sein Treffen mit dieser Firma RigStuff und Katja Verlin geht? Verlin ist übrigens in Griegtal geboren. Ich auch, doch das tut wirklich nichts zur Sache. Aber wir finden den Dieb, und der führt uns ausgerechnet nach – Griegtal. Ich habe den Eindruck, wir haben ein 500-Teile-Puzzle auf dem Tisch liegen, aber der Karton mit dem Bild ist leider irgendwie abhandengekommen.«

Wagner hatte ihm stillschweigend zugehört.

Nach einer halben Minute fragte Stallitzer: »Und? Was denkst du?«

»Du hast ja mit dieser Verlin gesprochen. Was ist dein Eindruck? Hat sie dir die Wahrheit gesagt? Oder verbirgt auch sie etwas?«

Stallitzer wurde rot und merkte, dass Wagner das bemerkte.

»Oops – habe ich da jetzt einen wunden Punkt berührt? War's nett?«

Stallitzer riss sich am Riemen und schaltete wieder auf Profimodus. »Ja, ich denke, auch sie hat irgendetwas zurückgehalten. Da gibt es eine Verbindung zwischen Fenske und dieser Firma, über die uns keiner etwas sagen will.«

»Ich denke, wir sollten Nathalie diese Liste mit den Namen von dem Klingelschild geben. Sie kann sicher zu jedem Namen und der Adresse zumindest die Basics herausfinden«, sagte Wagner.

Stallitzer nickte, während er den Wagen auf die linke Spur lenkte.

»Und, außerdem, ich habe da noch so eine Idee. Werde ich nachher ausprobieren, wenn wir wieder im Büro sind.«

Stallitzer saß wieder in seinem Büro.

Wagner hatte das Foto des Klingelschilds bereits an Nathalie Ramsauer weitergegeben. Sie würde schauen, dass sie zu jedem Namen ein paar Basisinformationen finden würde.

»Und was hast du jetzt vor?«, wollte Stallitzer wissen.

»Du hast vorhin im Wagen davon gesprochen, dass es irgendeine Verbindung zwischen RigStuff und Fenske geben muss, die wir nicht kennen. Fenske redet gar nicht darüber, und, wenn ich dich richtig verstanden habe, hält sich Verlin sehr bedeckt.«

Wieder war Stallitzer rot geworden. Gar nicht seine Art. War er wohl vielleicht auch ein kleines bisschen befangen. Aber sie waren Detektive, keine Polizisten. Da konnte man das schon mal durchgehen lassen. Wagner sagte: »Es ist nur ein Bauchgefühl. Trotzdem. Ich glaube, dass die Verbindung zwischen Fenske und Verlin viel enger ist, als wir bisher wissen. Und deshalb mache ich jetzt ein Experiment.«

»Ein Experiment? Was möchtest du herausfinden?«

»Ich möchte herausfinden, ob Verlin bei der Aufstiegsfeier dabei war.«

»Bei der Aufstiegsfeier?«

»Ja. Bei der Aufstiegsfeier.«

»Und warum sollte sie da gewesen sein?«

»Keine Ahnung. Ist, wie gesagt, nur ein Bauchgefühl. Und es kostet uns vielleicht 15 Minuten.«

Stallitzer schob seinen Stuhl neben den Bürostuhl von Wagner. Und schaute ihm einfach über die Schulter.

Sie hatten ja ein riesiges Arsenal an Fotos, die bei der Feier gemacht worden waren. Auch Videos. Und Wagner verfügte über die Software, um Gesichter auf diesen Fotos und in diesen Videos zu identifizieren.

Zunächst googelte er ganz profan nach dem Namen Katja Verlin. Dann lud er Bilder von zehn verschiedenen Seiten herunter. Wichtig dabei: Die Fotografien durften nicht zu alt sein. Mit diesen Porträts fütterte er die Software, die in der Lage war, anhand der Bilder von Katja Verlin diese in der Masse der Fotos und Videos aufzuspüren.

»Und jetzt?«, fragte Stallitzer.

»Jetzt sitzen wir hier wie kurz vor der Ziehung der Lottozahlen. Und entweder es gibt sechs Richtige oder gar nichts.«

Früher hatte Windows einen mit der Sanduhr genervt, die sich immer wieder drehte und drehte und drehte. Paul Wagner war nicht sicher, ob die neueren Anzeigen wie rotierende Räder oder Achtel-Kuchenstücke, die sich im Uhrzeigersinn im Kreis drehten, besser waren. Diese Software zeichnete sich durch gewissen Pragmatismus aus: Der Fortschrittsbalken bestand einfach nur aus drei Punkten, die beständig von links nach rechts wanderten.

»Du und diese Katja?«, wandte sich Wagner an Stallitzer. Irgendwie mussten sie die Zeit herumbringen.

Zum dritten Mal wurde der rot, und zum dritten Mal sagte er nichts. Das war natürlich eine eindeutige Antwort. Aber Wagner hätte sich die längere, wortreichere Variante gewünscht. So saßen die beiden Kollegen zehn Minuten schweigend nebeneinander.

Dann zeigte die Software ein Ausrufezeichen. Und präsentierte darauf, über den Bildschirm verteilt, die Fotos und Standbilder der Videosequenzen, auf denen die Person, die Paul Wagner eingegeben hatte, zu sehen war.

Es waren sieben Fotos und zwei Videosequenzen. Neun Medien, die belegten, dass Katja Verlin bei der Aufstiegsfeier auf dem Karolinenplatz anwesend gewesen war.

Auch ohne Softwareexperte zu sein, verstand Stallitzer, was Kollege Wagner da gerade herausgefunden hatte. »Was macht die denn da?«, war die Zusammenfassung des Ergebnisses. Worauf auch Paul Wagner keine Antwort hatte.

»Und jetzt?«, fragte Stallitzer. »Kann das noch Zufall sein? War die vielleicht auf Fenske angesetzt? Ich verstehe irgendwie gar nichts mehr.«

»Ich kann natürlich sofort Richard anrufen und ihn genau das fragen«, sagte Wagner.

»Und ich kann dir jetzt schon sagen, dass er dir darüber nichts sagen wird.«

Die beiden Kollegen schwiegen.

»Glaubst du, dass er uns wirklich nur engagiert hat, um seine Lilie wiederzubekommen?« Stallitzers ketzerische Frage.

»Ich weiß es nicht«, antwortete Wagner. Die nächste Pause.

»Also, dieser Rüdiger Semmel, der hat diesen Beutezug gemacht. Für irgendeinen Auftraggeber. Wahrscheinlich einer der 48 Namen auf dem Klingelschild des Bürogebäudes in Griegtal. Dieser Auftraggeber hat Semmel wohl instruiert, dass der Diebstahl bei Fenske so aussehen sollte, als ob Fenske ein Zufallsopfer unter vielen sei. Warum auch immer. Semmel hat alle persönlichen Gegenstände in eine Tüte gepackt, im Park versteckt. Ich unterstelle jetzt mal, dass Semmel wollte, dass diese Dinge gefunden wurden, um sie an die Besitzer zurückzugeben. Das Bargeld hat Semmel abgezogen. Hast die Wohnung ja gesehen, das Geld konnte er sicher gut gebrauchen. Aber die Dinge, die Richard Fenske gehörten, die musste er – abliefern, denke ich. Der Auftraggeber war am Inhalt des Bauchgurts von Richard Fenske interessiert. An nichts anderem. Es ging immer nur um Fenske.«

Wieder eine Minute Schweigen.

Dann fuhr Stallitzer fort: »Doch worum ging es dabei, Fenskes Bauchtasche zu plündern? Hat diese Verlin etwas damit zu tun? Ich meine, wir haben echt lang miteinander geredet. Und da sagt sie mir nicht, dass sie gerade eben auch in Deutschland, sogar in Fenskes Stadt war? Warum diese verdammte Geheimniskrämerei.«

Eine weitere Minute des Schweigens.

Dann meldete sich Paul Wagner wieder zu Wort: »Gehen wir doch noch mal den Inhalt seiner Bauchtasche durch. Vier Kondome, geschenkt. Eine Packung Taschentücher, geschenkt. Sein Handy? Sehen wir es einmal realistisch: ein iPhone, gesichert durch Face-ID. Wir dürfen wohl davon ausgehen, dass Rüdiger Semmel den Zahlencode, um das Handy zu entsperren, nicht kannte. Sein Auftraggeber? Ich denke auch nicht. Aber vielleicht ging es tatsächlich darum, dass Fenske an diesem Tag nicht erreichbar wäre. Dann war da eine ganze Menge Kohle drin. Auch geschenkt. Und dann war da noch ...«

»... der Reisepass«, ergänzte Stallitzer.

»Der Reisepass«, wiederholte Wagner.

»Und dieser Reisepass, der stellt tatsächlich eine Verbindung her zu RigStuff in Schottland. Dort wollte Fenske hinfliegen, aber ohne Reisepass kam er nicht ins Land.«

»Und dass Verlin an der Aufstiegsfeier teilnahm, zeigt zumindest eine Verbindung zu den Lilien. Noch mal: Nur Zufall, dass sie an dem Tag auf dem Platz ist, an dem Fenske der Pass geklaut worden ist?«, ergänzte Stallitzer. »Sag mal, du hast doch all diese Super-Programme, um Fotos oder Filme durchsuchen zu können. Kann die nur Gesichter?«

Wagner stutzte. Dann sagte er: »Nein, die kann natürlich alle Arten von Inhalten vergleichen. Wenn du irgendwelche Fotos mit den Inhalten anderer Fotos vergleichen willst, dann ist das überhaupt kein Problem. Früher konnte man ja nur Texte mit Texten vergleichen. Aber jetzt kann man auch Fotos mit Fotos vergleichen.«

»Ich habe da so eine Idee. Ich habe in Katja Verlins Büro einige Fotos gemacht. Was heißt einige – ich denke, es sind 150. Einmal ein kompletter Scan des Raumes, sozusagen. Dokumente, die auf ihrem Schreibtisch lagen. Ordner, die in ihren

Regalen standen und natürlich auch entsprechend beschriftet waren. Vielleicht könnten wir diese Fotos mit den Klingelschildern vergleichen? Vielleicht gibt es irgendeine Beziehung zwischen Rüdiger Semmel und den Menschen oder Firmen, mit denen Katja Verlin zu tun hatte. Ist ein Schuss ins Blaue, aber auch du hast ja heute mit der Suche nach Katja Verlin einen Volltreffer gelandet.«

Nein, Paul Wagner zögerte nicht und sagte nur: »Das ist eine super Idee.«

Er betrachtete das Foto des Klingelschilds. »Wir müssen da nur ein bisschen anders drangehen, ganz so funktioniert die Technik dann doch nicht.«

»Wie?«, wollte sein Kollege wissen.

Paul Wagners Finger glitten über die Tastatur und er schwang die Maus ein paarmal auf dem Mauspad hin und her, während er Stallitzers Frage beantwortete: »Auf den Klingelschildern stehen Namen. Also, was wir suchen, ist Text. Statt Fotos vergleicht die Software Text. Das Programm wandelt in den Fotos, die du im Büro gemacht hast, zuerst alles, was es an lesbarem Text erkennt, in einen solchen um und genauso die Namen auf den Klingelschildern.«

»Und das bedeutet?«

»Schau, der erste Name ›Wieseler‹. Die Software sucht jetzt nach diesem Namen – und den anderen 47. Wenn sie auf den Fotos von Verlins Büro irgendwo einen dieser Namen erkennt, ist das ein Treffer und er wird uns angezeigt.«

»Und wie lange dauert das?«

»Ich schlage vor, wir gehen ein Eis essen.«

Auf dem Weg von der Bank mit der blauen Latte zum Büro fragte Stallitzer Wagner: »Wusstest du, dass in einem Baum am

Rand des Stadions, der gefällt worden ist, ein Baseball gefunden wurde?« Das Eis war lecker gewesen.

Wagner sah Stallitzer irritiert an. »Ja. Warum?«

»Äh, also da war ein Baseball im Baum, der über 70 Jahre dort in den Ästen gelegen hat. Und die weiteren Äste sind so um ihn herumgewachsen, dass er auch, nachdem der Baum gefällt worden war, nicht herausgekugelt ist.«

»Ja, weiß ich. Der Ball ist schon an das Lilien-Museum übergeben worden.«

Okay. Rohrkrepierer. Hatte Stallitzer sich doch tatsächlich eingebildet, Wagner irgendetwas Neues erzählen zu können. Plan B: »Und wusstest du, dass ein Handballstürmer bei den Lilien im Tor gestanden hat?«

»Rolf Barth. Jahrgang 1919. Von 1949 bis 1950 bei den Kickern der Lilien. 25 Spiele, kein Tor. Was natürlich nicht verwunderlich ist, weil er ja selbst im Tor gestanden hat. Ansonsten ein hervorragender Stürmer – aber im Handball.«

Okay – Plan C: »Wusstest du, dass im alten Stadion einmal ein Terrarium stand, …«

»… in dem irgendein Witzbold zwei Echsen aus Plastik hineingesetzt hat.« Wagner sah Stallitzer ziemlich irritiert an: »Warum fragst du mich das alles?«

»Nichts, schon gut«, gab Stallitzer ein wenig resigniert zurück. »Und es warst wirklich nicht du, der der weißen Bank eine blaue Latte verpasst hat?«, wollte Stallitzer wissen, als sie die Tür zum Firmengebäude aufschlossen.

Paul Wagner rollte nur mit den Augen, antwortete aber nichts.

Als sie in Wagners Büro ankamen, erweckte Wagner mit einem Mausklick den Monitor wieder zum Leben.

Beide setzten sich an den Schreibtisch vor die beiden Monitore. Zahlreiche Programmfenster waren geöffnet, aber das kleinste, mittig platziert auf dem rechten Monitor, enthielt die wichtigste Information: »Drei Treffer gefunden.«

Paul Wagner klickte darauf, und ein weiteres Fenster öffnete sich. »Domstein, Domstein, Domstein.«

»Jou, gimme five«, freute sich Stallitzer und reckte den Arm. Wagner klatschte ab. So enthusiastisch hatte er seinen Kollegen selten gesehen. Er freute sich wohl, dass seine spontane Idee Früchte getragen hatte.

Es klopfte an der Tür zu Wagners Büro. Nathalie Ramsauer.

»Was hast du für uns?«, wollte Paul Wagner wissen.

»Ich habe zu jedem Namen auf diesem Klingelschild zumindest rudimentäre Informationen. Ich habe dir das per Mail zukommen lassen.«

»Herzlichen Dank«, sagte Wagner.

Nun rief Wagner die drei Treffer-Fotos auf, in denen die Software den Namen Domstein identifiziert hatte.

Die ersten beiden Fotos zeigten einen Leitzordner, auf dessen Rücken zwar mit Hand, aber in sehr leserlichen Buchstaben der Name ›Domstein‹ geschrieben stand. Derselbe Ordner tauchte auf zwei Fotos auf. Das dritte Foto zeigte die Draufsicht auf die Schreibtischplatte. Ein Brief war zu erkennen. Der Absender war Katja Verlin von RigStuff. Der Brief war adressiert an Dr. jur. Frank Domstein an eben jene Adresse in Griegtal, die Semmel aufgesucht hatte.

»Schon wieder ein Jurist«, sagte Wagner. Nathalie hatte ja für jeden Namen auf dem Klingelschild Basisrecherchen angestellt. Das zahlte sich jetzt aus. Auch Frank Domstein tauchte in ihrer Liste auf: Frank Domstein hatte eine eigene Webseite, war Anwalt. Die Webseite offenbarte, dass er offensichtlich ein Einzelkämpfer war. Keine weiteren Partner oder angestellten Anwälte wurden erwähnt. Dafür war er mit einem breiten, breiten Spektrum an Fachgebieten tätig, vom Strafrecht über Arbeitsrecht bis hin zum Vertragsrecht, mit zahlreichen Unterbereichen.

»Ein Anwaltskollege? In Griegtal? Und Fenske will ihn nicht kennen?«, wollte Stallitzer.

Wagner zuckte nur mit den Schultern: »Na ja, kennst du alle Kollegen in Griegtal? Oder in Kassel? Oder in Fulda? Zumal Fenske ja gar nicht in seinem Beruf arbeitet.«

»Da hast du auch wieder recht. Verlin hat Fenske als Investor bezeichnet. Vielleicht ist Domstein auch ein Investor? Oder vertritt einen Investor?«

Paul Wagner googelte weiter nach dem Namen ›Frank Domstein‹. Es folgten zahlreiche Treffer. Zumeist im Zusammenhang mit dem 1. FC Griegtal. Wagner rief einige Artikel auf und überflog sie. »Er ist seit Jahren im Vorstand dieses Fußballvereins.«

»Und die spielen wo?«

Abermals zauberte Paul Wagner flink die Antwort auf den Bildschirm: »Vierte Liga. Also Regionalliga Südwest. Sie spielen so im Mittelfeld mit. Oh – ich sehe gerade, die haben auch eine Frauenfußballmannschaft.« Wieder überflog Wagner ein paar Abschnitte auf der Internetseite. »Die gibt's schon richtig lang! Seit 1975. War damals ein eigener Verein, der 1. FFC Griegtal – Frauen-Fußball-Club. Ist ein kleiner Zeitungsartikel zur Gründung des Vereins. Auf die Frage, wieso man sich 1. FFC Griegtal genannt habe, ob es noch einen zweiten gäbe – da hatte die damalige Vereinsleiterin Simone Verlin geantwortet: ›Heute noch nicht, aber wer weiß?‹« Wagner hielt kurz inne, dachte dann laut nach: »Simone Verlin? Die hat doch dann ganz bestimmt etwas mit Katja Verlin zu tun.«

»Ja. Katja hat mir erzählt, dass sie als Jugendliche in diesem Verein gespielt hat. Sie aber bei einem Spiel so schwer verletzt wurde, dass sie danach nicht mehr Fußball spielen konnte. Ist auch der Grund, warum sie heute immer noch ein kleines bisschen humpelt.«

Wagner sah seinen Kollegen fassungslos an: »Das hat sie dir erzählt? Ist es so persönlich geworden zwischen euch?«

Stallitzer ignorierte die Frage. Vielmehr fuhr er mit seinen Gedanken fort: »Fenske ist Mitglied im SV Darmstadt 98, Domstein sitzt sogar im Vorstand des Fußballvereins 1. FC Griegtal. Alle beide haben Kontakt zu Katja Verlin. Und dann ist da dieser Semmel, der auf der Aufstiegsfeier den Leuten die Taschen leerräumt. Vor ein paar Stunden habe ich noch gesagt, wir haben hier ein 500-Teile-Puzzle, aber kein Vorlagenbild, um es sinnvoll zusammenzubekommen. Ich muss mich korrigieren. Irgendjemand hat gerade noch mal 500 Teile auf den Tisch gekippt. Ich werde langsam ein bisschen ungeduldig.«

Stallitzer griff zu seinem Handy, sah Wagner an. Der konnte erkennen, wen Stallitzer da anrief: Katja Verlin. Hatten sie also auch schon die Handynummern ausgetauscht …

Stallitzer schaltete auf Lautsprecher, womit Paul Wagner das Freizeichen ebenfalls hören konnte. Nach 15-mal Tuten hörte er Katja Verlins Stimme, die auf Englisch sagte: »Guten Tag, Sie haben den Anschluss von Katja Verlin erreicht. Nachrichten bitte nach dem Piep. Danke schön.«

Und Stallitzer sprach: »Hallo, Katja, Fragen über Fragen. Dinge, die du nicht erwähnt hast: Warum warst du auf der Aufstiegsfeier der Lilien in Darmstadt? Und was hast du mit Frank Domstein zu tun? Antworten wären nett.« Und schon drückte Stallitzer auf ›Beenden‹.

»Keinen Abschiedsgruß?«

»Keinen Abschiedsgruß. Ich werde langsam sauer.«

# SONNTAG

Vor einer Stunde hat ihn Kollege Wagner angerufen. Was er sonntags eher selten tat. »Schon was vor heute Abend?« Da Stallitzer nicht davon ausging, dass Wagner sich mit ihm zu einem privaten Treffen verabreden wollte, und er auch den Abend nicht verplant hatte, sagte er nur: »Nein.«

»Schön, dann hast du jetzt was vor. Wir treffen uns in einer Stunde in der Lilienschänke. Also nicht nur wir zwei. Mit von der Partie ist Konrad. Also mein Freund Konrad Stoß.«

Die Lilienschänke, das wusste auch Stallitzer, lag unmittelbar neben dem Stadion. Sie war das offizielle Vereinsrestaurant des SV Darmstadt 98. Zum einen konnte man dort über mehrere Fernseher die Auswärtsspiele ansehen – zum anderen war es einfach eine Kneipe mit lecker Bier und lecker Essen. Und im Sommer konnte man selbstverständlich auch draußen sitzen. »Und wer ist Konrad Stoß ? Und wieso treffen wir uns mit ihm?«

»Na, ich war heute Nachmittag noch mal fleißig. Frank Domstein ist 1979 geboren. Auch in Darmstadt. Semmel 1980, in Trier, aber schon als Kind nach Darmstadt gezogen. Fenske ist auch Jahrgang 1980, auch in Darmstadt. Klingelt was?«

»Du meinst, die kennen sich? Kannten sich vielleicht sogar schon als Kinder?«

»Jepp. Du kennst doch sicher die Plattform StayFriends.«

Bevor Wagner weitersprechen konnte, unterbrach ihn Stallitzer: »Nein. Kenne ich nicht.«

»Ist eine Plattform im Netz, da kannst du alte Schulkameraden wiederfinden. Sortiert sich nach Schulen und Jahrgängen. Natürlich haben Wantrupp & Wantrupp dort auch vier Accounts. Und dann habe ich mal geschaut, wo Fenske zur Schule gegangen ist. Der hat sein Abi auf der Viko gemacht. Also der Viktoriaschule. 1999. Aber nicht nur er. Auch Rüdiger Semmel und unser Freund Frank Domstein waren im selben Jahrgang.«

»Das heißt, die kannten sich alle drei bereits in ihrer Jugend?«

»Ja. Genau das heißt es.«

»Na, dann können wir sie ja alle drei damit konfrontieren.«

»Das sollten wir morgen machen. Aber es gibt noch einen Schritt vorher: Mein Zahnarzt, Konrad Stoß, hat auch an derselben Schule im selben Jahrgang Abi gemacht. Ich hab mit ihm telefoniert. Er kennt alle drei. Und er trifft sich jetzt mit uns im Biergarten, damit wir etwas mehr über das Trio erfahren.«

Schon wieder Biergarten. Aber wo sollte man auch hingehen, wenn die Abendtemperaturen immer noch zweistellig waren, und das bei einer führenden Zwei …

Konrad Stoß war ein trainierter und kräftiger Mann. Er trug einen Dreitagebart und Glatze, kombiniert mit einer Sonnenbrille. Der Rest des Outfits war sommerlich leger. Wagner hatte Stallitzer und ihn miteinander bekannt gemacht. Nach einer kleinen Runde Smalltalk, nach der Stallitzer exakt wusste, wie viele Kronen, Inlays und Plomben sich in Wagners Mund befanden – und dass er, Stallitzer, diese kleine, abgesplitterte Ecke am Eckzahn vielleicht doch einmal professionell behandeln lassen sollte –, kamen sie auf den eigentlichen Grund ihres Treffens zu sprechen.

Konrad fragte: »Wie seid ihr denn ausgerechnet auf die drei gekommen?«

Stallitzer überließ Paul Wagner das Reden. Schließlich kannten die beiden sich. »Wir bearbeiten gerade einen Fall, und da sind alle drei aufgetaucht.«

»Haben die was verbrochen?«

»Nein, nein, trotzdem wäre es für uns wichtig, sie ein bisschen besser kennenzulernen, bevor wir persönlich mit ihnen sprechen.«

»Na ja, was sie heute machen und wo sie leben, das weiß ich natürlich nicht. Ich hab nach dem Abi ohnehin nur noch zu ganz wenigen von damals Kontakt. Die machen immer alle fünf Jahre ein Abitreffen. Das ist aber nix für mich. Ich habe noch Kontakt zu ein paar Kommilitonen. Das langt.«

»Na, dann erzähl doch mal. Wer war hip? Wer war uncool?«

»Na, die Frage kann ich ganz einfach beantworten. Ab der elften Klasse mussten wir ja Kurse wählen. Und der Zufall wollte es, dass ich tatsächlich mit allen dreien einen Leistungskurs geteilt habe. Rüdiger Semmel war in meinem Englisch-Leistungskurs, die beiden anderen im Sport-Leistungskurs. Und auch bei den Grundkursen hatten wir ein paar Überschneidungen. Aber zu deiner Frage: Richard Fenske war der obercoole Superstar. Das war sicher zur Hälfte dadurch begründet, dass er mit Betty zusammen war, der heißesten Braut auf der ganzen Schule. Das sahen zumindest alle Jungs nicht nur dieses Jahrgangs so. Betty war nicht die Schlaueste. Aber alle ließen sie abschreiben. Also, alle Jungs. Wer neben ihr gesessen hatte, der war geadelt. Es gab zwar drei oder vier Nerds, die gaben vor, an ihr überhaupt nicht interessiert zu sein. Aber ich denke, wenn die nachts allein in ihrem Bettchen lagen und das Gedankenkarussell ansprang, da blieben die Hände … Na, lassen wir das. Also, Fenske war der Star. Ganz unten am Ende der Nahrungskette hockte, nein, lag Rüdiger Semmel. Er war das Opfer. Kaum Fett oder Muskeln, viel zu groß, unscheinbar, gesegnet mit einer Akne aus dem Bilderbuch. Er war der Liebling aller Mobber. Richard Fenske, der brauchte niemand zu mobben, der hatte seinen Platz ganz oben auf dem Siegertreppchen einfach sicher. Aber Domstein war da aus einem anderen Holz geschnitzt. Er stand neben dem Siegertreppchen, dessen drei Plätze stets von anderen Jungs besetzt waren. Und so hielt er es mit dem Fahrradfahren-Prinzip: nach oben buckeln, nach unten treten. Er hat drei oder vier Verweise von der Schule kassiert, weil er sich eben immer an Semmel abgearbeitet hat. Als er ihm Hundescheiße in seinen Ranzen gelegt hat, da war er kurz davor, von der Schule zu fliegen.«

»Hast du einen der drei irgendwann denn mal wiedergesehen?«

»Persönlich nur Semmel. Unsere Jüngste, Marie, die war bei einer Freundin zum Kindergeburtstag eingeladen, muss zweite Klasse gewesen sein, vielleicht auch dritte. Ich erinnere mich gar nicht mehr an den Namen. Die Familie wohnte in der Heidelberger Landstraße. Da, wo die ganzen fetten Villen stehen. Dementsprechend waren nicht nur die Kinder eingeladen, sondern natürlich auch die Eltern. Großes Barbecue im Garten. Und Kinderbetreuung wie in einem Hollywoodfilm.

Da habe ich ihn wiedergesehen. Rüdiger Semmel. Er hat da eine Zaubershow abgezogen. Ich habe ihn sofort wiedererkannt, sein Aussehen hatte sich kaum verändert. Die Akne hatte sich verzogen, aber er wirkte irgendwie nicht wirklich viel älter.

Die Show war gut. Also, seine Tricks waren in der Tat verblüffend. Die Kleinen, die zuvor noch mit Riesengeschrei durch den Garten getobt waren, gaben keinen Mucks mehr von sich. Doch obwohl er der Star war, der dort mit breiter Brust und einem Strahlen hätte auftreten können, schwang in seinem Verhalten noch immer etwas Devotes mit.

Ich muss mich korrigieren. Die Tricks waren nicht verblüffend, sie waren brillant. Aber durch die leise, fast entschuldigende Stimme und die immer ein wenig gebeugte Haltung wirkte der Star auf der Bühne – unsicher.«

»Hast du ihn angesprochen?«

»Nein. Ich war zu Schulzeiten nicht mit ihm befreundet, und ich hatte auch nicht vor, eine engere Bekanntschaft mit ihm anzufangen. Vielleicht war es tatsächlich auch genau seine Ausstrahlung, seine Haltung, die mich davon abhielt. Ich dachte, wenn ich ihn jetzt anspreche, klagt er mir das ganze Leid seines Lebens. Und darauf hatte ich keinen Bock.«

Damit war das Thema eigentlich durch.

Wagner und dieser Konrad unterhielten sich noch über vergangene Zeiten, und Stallitzer fühlte sich eher wie das fünfte Rad am Wagen. Sein Handy vibrierte. Er entsperrte es und sah auf die WhatsApp-Nachricht von Katja Verlin: »Sorry. Ich habe eine geschäftliche Beziehung zu Domstein und zu Fenske. Rein geschäftlich. Das ist auch der Grund, weshalb ich am Tag der Aufstiegsfeier in Darmstadt war. Aber es handelt sich hier um Dinge, die im Moment noch absolut top secret sind. Mehr kann ich dazu nicht sagen. Denke an dich, Katja.«

Es waren zwei Gefühle gleichzeitig, die Stallitzer da übermannten. Zum einen Ärger. Kooperativ ging anders. Warum machte sie so ein Geheimnis aus den Verbindungen zu Domstein und Fenske? Und gleichzeitig übermannte ihn auch ein sehr warmes Gefühl: »Denke an dich.« War schön, das zu lesen, denn ihm ging es nicht anders.

»Ich lass euch dann mal allein«, sagte er und machte sich auf den Heimweg über die Mathildenhöhe.

## MONTAG

Sie hatten den ganzen Morgen darüber diskutiert, wie sie weiter vorgehen sollten. Wagner hatte dafür plädiert, Domstein einfach auf die Füße zu treten. Stallitzer hingegen sah Semmel als das schwächste Glied in der Kette. Ihn zu knacken wäre wohl am einfachsten.

Worin sich beide aber einig waren, war, dass sie noch einmal mit Richard Fenske sprechen sollten. Wagner hatte Fenske angerufen und er hatte gesagt, sie sollten ruhig vorbeikommen, er sei in seinem Büro.

»Kommt herein«, lud er die beiden Detektive mit einer ausladenden Handbewegung in sein Büro ein. »Cappuccino? Kaffee? Wasser?«

»Nein, Richard, Antworten genügen uns völlig.«

»Hallo? So auf Krawall gebürstet? Habt ihr denn meine Lilie?«

»Nein, noch nicht. Wir sind kurz davor. Aber wir brauchen Auskünfte. Damit wir genau wissen, was eigentlich gespielt wird und wo auf dem Spielfeld wir uns gerade befinden. Und damit: Wo deine Lilie sich befindet.«

Die beiden Detektive setzten sich, Fenske tat es ihnen nach. »Also, was wollt ihr wissen?«

»Wir wollen erfahren, warum du uns nicht gesagt hast, dass du Frank Domstein kennst.«

»Domstein? Wer soll das sein?«

»Das war einer der 48 Namen auf dem Klingelschild, von dem ich dir ein Foto geschickt habe. Aber du hast uns nicht gesagt, dass du ihn kennst.«

»Ich kenne einen Domstein?«

»Ja, den Frank Domstein, mit dem du über mehrere Jahre auf der Viktoriaschule warst. Mit dem du im selben Sport-Leistungskurs trainiert hast. Den Frank Domstein.«

»Domi? Mein Gott, das ist eine halbe Ewigkeit her. Da hat bei mir echt nichts geklingelt, als ich den Namen gelesen habe. Zumal da ja kein Vorname stand. Und bei uns hieß er immer nur Domi. Was hat denn Domstein mit dem Fall zu tun?«

»Daran arbeiten wir noch. Nächste Frage: Warum hast du so ein Geheimnis daraus gemacht, dass du Mittwoch zu RigStuff nach Edinburgh fliegen wolltest? Und einen Termin mit Katja Verlin in Penicuik hattest?«

Farbe wich aus Fenskes Gesicht. »Was wisst ihr darüber?«

»Das tut jetzt nichts zur Sache. Warum hast du uns das nicht gesagt?«

»Verdammt, Paul, das ist mein Business. Und das ist alles streng vertraulich. Keine Ahnung, wie ihr jetzt an diese Information gekommen seid. Das alles hat doch überhaupt nichts mit meiner Lilie zu tun.«

»Und was hatte Frau Verlin auf der Aufstiegsfeier zu suchen gehabt?«

»Aufstiegsfeier? Du meinst, die Lilien-Aufstiegsfeier auf dem Karolinenplatz?«

»Gab es sonst noch eine Aufstiegsfeier, von der ich nichts weiß?«

»Verlin war da? Hier? Keine Ahnung, warum. Mit mir hat sie keinen Kontakt aufgenommen. Und woher weißt du das?«

»Es ist unser Job, so etwas herauszubekommen. Damit verdienen wir unser Geld. Was hast du mit Domstein zu tun?«

»Mit Domi? Mein Gott, den habe ich bei der Abiturfeier zum letzten Mal gesehen. Nichts habe ich mit ihm zu tun.«

»Okay, letzte Frage. Rüdiger Semmel. Was sagt der dir?«

Fenske rollte mit den Augen. »Rüdi, das arme Opfer? Wieso fragst du denn jetzt nach dem? Was hat der mit der Lilie zu tun? Oder mit dem Diebstahl meiner Sachen?«

»Was hattest du mit ihm zu tun?«, stellte Paul Wagner einfach die Gegenfrage.

»Paul, der war mit uns in der Jahrgangsstufe. Ein Pechvogel vor dem Herrn. Schlaksig, gebeugt, hatte Akne bis zum Abwinken – ein eher unglücklicher Zeitgenosse. Hatte mit ihm nicht viel zu tun. Hab ihn jedenfalls seit dem Abi nicht mehr gesehen. Kannst du mir vielleicht sagen, was der jetzt damit zu tun hat? Paul, ich habe dich beauftragt, meine Lilie wiederzufinden. Ich habe dir nicht gesagt, du sollst mein Leben auf links drehen.«

»Hängt alles miteinander zusammen.«

»Wie?«

»Wir hatten gehofft, du hättest uns dabei weiterhelfen können. Nicht doch noch ein Wort zu RigStuff?«

»Nein. Darüber kann und darf ich nicht reden. Noch nicht.« Fenskes Tonfall hätte nicht anders geklungen, wenn er gesagt hätte: »Wenn ich ein Wort sage, werden sie mich umbringen.« Stattdessen polterte er: »Vielleicht irgendeinen Zwischenstand? Ich bezahle euch!«

Wagner lächelte Richard Fenske an: »Darüber kann und darf ich nicht reden. Noch nicht.«

Vom Mathildenplatz aus fuhren sie in Stallitzers Wagen in Richtung Lauteschlägerstraße. Sie kamen die Heinheimer Straße herunter und bogen links in die Straße ein. Nach 50 Metern gab es auf der linken Seite ein Parkhaus. Stallitzer bugsierte sein kleines Monstrum tatsächlich in die Parkgarage auf einen Parkplatz. Aber er musste dreimal vor- und zurückstoßen, bis der

Wagen einigermaßen in der Parklücke platziert war. Vom Parkhaus aus liefen sie die 250 Meter bis zu dem Gebäude, in dem Rüdiger Semmel unterm Dach wohnte.

Stallitzer drückte den Klingelknopf.

»Ja?«, ertönte diesmal Semmels Stimme in der Gegensprechanlage.

»Noch mal Wagner und Stallitzer«, antwortete Paul Wagner.

»Nee, mit Ihnen möchte ich nicht schon wieder sprechen.«

»Ihr kleiner Raubzug auf dem Karolinenplatz. Ihre Verbindung zu Frank Domstein aus Griegtal. Sie haben zwei Möglichkeiten: Sie reden jetzt mit uns oder wir gehen direkt zur Polizei und erzählen denen, was wir inzwischen herausgefunden haben.«

Bereits als Wagner das Wort ›inzwischen‹ ausgesprochen hatte, ertönte das Geräusch des Türsummers.

»Ich finde, Übeltäter sollten immer im Erdgeschoss wohnen«, schnaufte Stallitzer, als sie die Wohnungstür fast erreicht hatten.

Semmel hielt ihnen die Pforte auf. »Sie wissen ja, wo's langgeht.«

Wenige Momente später saßen sie wieder in Semmels Wohnstube. »Frank Domstein hat Ihnen die Aufgabe gegeben, ihm den Inhalt von Richard Fenskes Bauchtasche zu besorgen und zu übergeben. Ebenfalls hat er Ihnen gesagt, Sie sollten gleichzeitig noch ein paar weitere Taschendiebstähle begehen, damit niemand auf die Idee käme, Fenske wäre das eigentliche Ziel der Attacke. Liegen wir damit so falsch?«

»Ja.«

»Na, dann klären Sie uns mal auf. Wie kam Domstein auf Sie?«

Semmel antwortete nicht.

Stallitzer übernahm wieder: »Echt jetzt? Sie wollen angeblich nicht wissen, wer der Mann ist? Aber wir wissen, wer der Mann ist. Und wir wissen, dass Sie wissen, wer der Mann ist. Der Typ, der Sie in der Schule immer gemobbt hat. Der, der Ihnen Hundescheiße in den Ranzen gepackt hat. Wieso arbeiten Sie jetzt für den?«

Semmel riss die Augen auf und starrte Stallitzer ungläubig an. »Woher wissen Sie das alles?«

»Herr Semmel, das ist nicht die Frage, um die es hier geht. Wir sind Detektive. Wir machen unseren Job gut, sonst könnten wir uns gleich einen anderen suchen. Also? Wieso Domstein? Und seit wann Domstein?«

Semmel nahm in diesem Moment genau jene Haltung ein, die Konrad Stoß benannt hatte. Er sank in sich zusammen, der Gestus wurde gebeugt – also, eigentlich wurde er nur noch gebeugter. Dann sprudelte er los: »Ich hab in meinem Leben nie viel auf die Reihe gekriegt. Eventuell bis auf die Zauberei. Da bin ich vielleicht wirklich nicht schlecht.«

Stallitzer seufzte. Der Mann tat ihm leid. Er sagte »... vielleicht wirklich nicht schlecht...«, wenn er eigentlich sagen sollte »... echt gut«.

»Die Schulzeit war für mich eine einzige Qual. Was war ich froh, als ich das hinter mir hatte. Endlich weg von Domstein und Konsorten. Ich hab dann neun Monate Zivildienst gemacht. Gab's ja damals noch. Habe ich in einem Jugendhaus absolviert. War nicht wirklich viel besser als Schule... Hab angefangen, Psychologie zu studieren. Bin gnadenlos an Mathe gescheitert. Wegen Statistik. Habe nicht mal das Vordiplom geschafft. Wollte dann was Solides machen. Mehr mit den Händen als mit Reden. Hab mir einen Ausbildungsplatz zum Bäcker gesucht. Nach eineinhalb Jahren war definitiv Schluss. Bäckerasthma.

Besser bekannt unter dem Namen Mehlstauballergie. Ich hab gepfiffen wie ein Streifenhörnchen. Nächste Etappe: Betriebswirtschaftslehre. Am Vordiplom gescheitert. Ab da habe ich meistens in Kneipen gejobbt. Parallel zu alldem bin ich immer mal als Zauberer aufgetreten. Ich nehme an, Sie haben meine Webseite gesehen. Auch eher eine Trümmerwüste.

Und dann kam Domstein. Vor sieben Jahren tauchte er auf einmal bei einer Veranstaltung auf. War bei der IHK in Griegtal. Irgendein Betriebsfest. Keine Ahnung, wie die damals auf mich gekommen sind. Habe auch nicht lange nachgefragt, sondern einfach den Job angenommen. Es war einer der richtig guten Abende. Tolle Bühne, tolle Leute, Applaus ohne Ende und erstauntes Schweigen in den richtigen Momenten. Domstein muss wohl die ganze Zeit da gewesen sein. Irgendwie denke ich heute, er hat das eingefädelt.

Danach hat er jedem, der es hören wollte oder auch nicht, erzählt, dass wir alte Kumpels sind, dass wir zusammen Abi gemacht haben, dass er schon immer gewusst habe, dass aus mir mal ein richtig Großer werden würde. Die Zeit, von der er erzählte, unterschied sich in meiner Erinnerung entschieden von seiner Version. Im Rückblick denke ich, es war alles geplant gewesen. Er hat mich abgefüllt und mich dann gefragt, ob ich meine flinken Hände auch schon für andere Dinge eingesetzt hätte als für die Zauberei. Klang anzüglich, war sicher auch anzüglich gemeint. Er bot mir einen Job an: In zwei Tagen habe er ein Geschäftsessen. Er würde mit einem Mann in einem Restaurant zu Mittag essen. Der Herr würde seine Aktentasche hinter seinem Stuhl abstellen. Auf ein Zeichen solle ich mir das Notizbuch aus der Aktentasche greifen, in den Copyshop nebenan gehen, alles kopieren und die Kladde danach wieder in der Tasche verschwinden lassen. Ein Tausender war ihm das wert.

Ich habe nicht lange gefackelt. Hab den Job gemacht. Hab ihn gut gemacht. Und hatte schon den Folgeauftrag in der Tasche, zwei Wochen später. Es gab mal mehr Aufträge, es gab mal weniger. Aber, ohne diese Jobs wäre es mir richtig dreckig gegangen. Obwohl Domstein ein Blödling war und blieb – seine Zoten waren oft unerträglich –, ich habe die dreckigen Jobs für ihn durchgezogen.«

»Und dann noch den Job mit der Bauchtasche – bei Ihrem ehemaligen Schulkollegen Richard Fenske?«

»Ja. Wie Sie schon gesagt haben. Den Inhalt der Bauchtasche klauen, das war das Wichtigste. Und Domstein den Inhalt bringen. Und danach noch mindestens 15 weitere Taschendiebstähle. Das war ihm 2.000 Euro wert. Und das, was ich geklaut hätte, das hätte ich auch behalten können. Ich wollte das aber zunächst überhaupt nicht machen.«

»Warum denn nicht? Ein Job wie jeder andere?«

»Nein. Ich sollte nicht irgendwo etwas klauen und kopieren, sondern ich sollte Lilien-Fans beklauen. Dass ich Fenske beklauen sollte – das hat mir kaum ein schlechtes Gewissen gemacht. Kleine Retourkutsche für die Oberstufe. Aber die anderen? Echt, das war doch für uns alle ein riesen Fest auf dem Karolinenplatz! Wir sind aufgestiegen! Und als die Leute das gefeiert haben, da sollten sie danach feststellen, dass sie bestohlen worden waren? Lilien-Fans beklauen einander nicht! Das habe ich auch Domstein gesagt. Und gesagt, 5.000 müssten da schon rausspringen. Ich dachte schon, er sagt, dann könne ich es vergessen. Aber er grinste mich an, nickte und sagte: ›5.000, okay.‹ Ich glaube, er hat es einfach genossen, dass ich mich selbst verraten musste, um diesen Job zu machen. Es war irgendwie genau dieselbe Situation wie auf der Schule. Wenn in diesem Fall auch besser bezahlt.«

Wagner kommentierte es nicht, sondern fragte einfach weiter: »Warum sollten Sie das machen?«

»Keine Ahnung. Solche Fragen habe ich nicht gestellt.«

»Und warum haben Sie dann alles in eine Tüte gepackt und hinterm Busch versteckt?«

Semmel zuckte mit den Schultern, sah auf den Boden vor sich, flüsterte: »Ich wollte doch niemanden bestehlen. Ich fand die Aktion völlig bescheuert.«

»Aber das Bargeld von der Diebestour, das haben Sie dann doch behalten?«

»Ich war einfach völlig durch den Wind. Das Geld wollte ich nicht in die Tüte packen. Weiß auch nicht, warum. Wollte wahrscheinlich nicht, dass sich jemand anderes daran bereichert.«

»Aber Sie haben sich daran bereichert?«

»Nein, hab ich nicht.« Er deutete mit dem Kopf in Richtung eines Sideboards. Es war in einem bedauernswerten Zustand. Eines der Beine fehlte und war durch einen Stapel von Büchern ersetzt worden. Hätte es ein Pflegeheim für Sideboards gegeben, Wagner hätte es sofort dorthin gebracht.

»Ist alles da drin, in einem Umschlag.«

»Und die Tüte mit den Sachen? Die hätten Sie dort vergammeln lassen?«

»Ich wollte die Sachen nicht in meiner Wohnung haben. Ich habe die Tüte da versteckt, wo die Süchtigen und die Dealer ihre Sachen eher nicht deponieren. Außerdem ist der Prinz-Georg-Garten ja nachts abgeschlossen. Ich wusste noch nicht, wie ich sie der Polizei übergeben könnte, ohne dass der Verdacht sofort auf mich fiele. Tüte vors Polizeipräsidium legen – da hätte ich nur noch in die Kamera winken müssen. Ich hatte dann den Entschluss gefasst, das Geld in die Tüte zu packen, kurz bevor das Eingangstor verschlossen wird. Dann wäre ich aus dem Garten gegangen und hätte per Handy die Polizei angerufen. Aber dann war die Tüte plötzlich weg.«

»Keine Panik. Das waren wir. Die Tüte ist bereits bei der Polizei. Und Sie können das Geld dann ja jetzt zurückgeben.«

»Erwähnte ich die Kamera am Eingang des Polizeipräsidiums schon?«

»Vielleicht kann ich da helfen«, sagte Stallitzer. »Ich habe einen Freund, der arbeitet bei der Polizei. Und ich habe auch seine Privatadresse.« Er nannte Böhringers Namen und Adresse. »Und da gibt es keine Kamera. Also?«

Semmel nickte nur.

»Gut, nachdem wir das geklärt haben, kommen wir zur nächsten wichtigen Frage: Wo ist denn der Inhalt der Bauchtasche von Richard Fenske nun?«, hatte Wagner wieder übernommen.

»Ich denke, in Domsteins Safe. In seinem Büro in Griegtal. Da hat er es zumindest reingetan, als ich ihm die Dinge gegeben habe.«

»Hat der Safe einen Schlüssel?«

»Nein. Ein Zahlenschloss. 17-35-2-0-13-33.«

»Woher kennen Sie denn den Code?«

»Ehrensache für einen Zauberer«, grinste Semmel und wirkte das erste Mal, seitdem Wagner und Stallitzer die Wohnung betreten hatten, zufrieden.

»Mit Verlaub – gehe ich recht in der Annahme, wenn ich unterstelle, dass Sie eine Woche zuvor Richard Fenske sein Portemonnaie gestohlen haben? Den Personalausweis rausgenommen, auch das Bargeld, und dann das Portemonnaie in seinen Briefkasten geworfen haben?«

»Ja. Das wissen Sie auch? Aber ja, das war ich.«

»Auch im Auftrag von Domstein?« Es war eine eher rhetorische Frage. Semmel nickte.

»Und warum das Ganze? Ich meine, was wollte Domstein mit dem Inhalt?«

Semmel sah ihn wieder an: »Ich habe keine Ahnung. Und ich habe nicht gefragt. Aber jetzt darf ich Sie mal etwas fragen. Wie haben Sie mich gefunden?«

»Das Tattoo«, konstatierte Stallitzer.

»Aber ich habe doch den Hoody mit den langen Ärmeln getragen. Und mir die ganze Zeit die Kapuze quasi vors Gesicht gezogen. Ich verstehe es nicht.«

»Ihr Gesicht haben wir auch nirgendwo erkennen können. Das Tattoo übrigens auch nicht. Aber einer der Zuschauer bei der Veranstaltung, der konnte uns sagen, dass Sie in der Facebook-Gruppe von Einstein, also dem Kater, immer wieder mal vertreten gewesen seien. Da haben wir das Tattoo gesehen und danach im 98er-Studio Ihren Namen herausgefunden.«

»Auch eine Art Zaubertrick«, grinste Semmel nun verlegen.

»Und warum haben wir Sie nicht auf der Fanseite der Lilien gefunden? Auf keinem Foto haben wir Sie entdeckt.«

»Na ja, bin eher der zurückgezogene Typ. Und echt jetzt, dieser Reeg, der hat bei dem Tattoo echt Scheiße gebaut. Erst hat er sich – vertippt wollte ich jetzt schon sagen, also, er hat sich verschrieben. Dann war die Tinte total scheiße. Wenn Sie's auf dem Foto mit Einstein gesehen haben – nach so wenig Jahren absolut verwaschen. Es ist das Schicksal meines Lebens: Alles geht immer schief. Daher habe ich das Tattoo auch stets mit Klamotten bedeckt. Und bei den Spielen der Lilien – ich bin nicht so der große Socializer. Ich hatte immer mal wieder eine Dauerkarte, Stehplatz außen. Bin aber nur unregelmäßig hingegangen. Manchmal habe ich einfach meinen Hintern nicht hochgekriegt. Und seit die Lilien wieder in der Zweiten Liga spielen, schau ich mir die Spiele eher im Fernsehen an. Ab und zu bei einem Freund, der diese Bezahlfernsehen-Abos hat. Manchmal auch in einer Kneipe.«

»Wir hätten uns die Kombination des Safes noch einmal nennen lassen sollen«, sagte Wagner, nachdem sie Semmels Wohnung verlassen hatten.

»Warum denn?«, wollte Stallitzer wissen. »Ich hab alles aufgenommen. Das Handy steckte in der Hemdtasche, mit dem Mikro über dem Rand der Tasche. So ein klein bisschen Technik kann ich auch«, sagte er und grinste breit.

Der Dodge war gut besetzt. Stallitzer mochte seine geräumige Limousine, auch wenn er selten mehr als einen Beifahrer hatte. Jetzt jedoch waren sie zu viert. Wagner, er und im Fond zwei Kleiderschränke in schicken Anzügen.

Man benötigte sie nur selten. Weshalb sie auch Freiberufler waren. Die Jungs, die einen Ziegel allein mit ihrem Blick zerbrechen konnten. Und mit einem Handkantenschlag noch deutlich mehr als nur einen Ziegel. Sie waren ausstaffiert wie wandelnde Klischees: Glatze, Sonnenbrille, perfekt rasiert, maßgeschneiderter Anzug. Und natürlich auch ein Duftwässerchen vom Feinsten.

Stallitzer mochte desgleichen den Motor unter der Haube, mit dem er mit mehr als 400 Kilogramm Lebendgewicht in der Fahrgastzelle auf der vierten Spur noch Lichthupe hätte geben können. Wenn er gewollt hätte.

Endlich machten sie sich auf zu Frank Domstein. Und mit ein bisschen Glück könnten sie auch ihrem Auftraggeber, Richard Fenske, in wenigen Stunden seine silberne Lilie zurückgeben.

Bevor Kleiderschrank eins und Kleiderschrank zwei in Frankfurt ins Auto zugestiegen waren, waren sie noch einmal bei der Polizei vorbeigefahren. Stallitzer hatte eine anonyme Spende übergeben, an Konstantin Böhringer, den Polizisten. Der Umschlag habe in seinem Briefkasten gelegen, darauf habe gestanden: ›An die Opfer der Taschendiebstähle bei der Aufstiegsfeier‹. Darin hatte sich der gesamte Bargeldbestand befunden, der bei den Diebstählen entwendet worden war. Sollte sich nun die Polizei darum kümmern, den Bestohlenen ihr Geld zukommen zu lassen, wie sie es zuvor schon mit den Gegenständen getan hatten. Die Pressestelle der Polizei würde bestimmt glücklich sein, diese Aktion öffentlichkeitswirksam zu präsentieren. Und auch Konstantin würde sicher mit dem ein oder anderen Zitat in den Medien auftauchen. Perfekt für alle.

Nun ließ er seinen Dodge allgemeinverträglich mit 140 über die Autobahn gleiten. Rüdiger Semmel hatte Domstein angerufen und gefragt, ob sie sich um 15 Uhr in Griegtal treffen könnten. Domstein war einverstanden gewesen. Die Tür stand offen.

Stallitzer parkte den Wagen in unmittelbarer Nähe des Bürogebäudes. Die vier stiegen aus. Wagner klingelte. »Ja, bitte?«

»Rüdi«, sagte Paul Wagner mit heiserer Stimme und hustete gleich darauf.

Der Trick klappte, die Haustür wurde geöffnet.

Domsteins Büro lag im fünften Stock. Es gab einen Aufzug. Für sechs Personen. Sollte eigentlich kein Problem sein, aber mit Kleiderschrank eins und Kleiderschrank zwei wurde es doch ein bisschen eng.

Sie wussten nicht, ob Domstein die Tür zu seinem Büro bereits geöffnet hatte. Also ging Wagner vor. Doch die Tür war verschlossen.

Also alle vier davor gruppieren, aber außerhalb des Sichtradius des Türspions. Frank Domstein öffnete die Tür höchstselbst. Als er die vier Männer sah, wollte er die Tür sofort wieder ins Schloss werfen. Abermals warf Stallitzer seinen Fuß zwischen Tür und Rahmen. Diesmal kam er nicht ganz so glimpflich davon, denn die Tür wies deutlich mehr Masse auf als jene Sperrholzattrappe, die die Wohnung von Rüdiger Semmel schützen sollte. Er schrie auf, was die beiden Kleiderschränke dazu nötigte, die Tür samt Domstein nach hinten zu werfen und sich schützend vor Stallitzer zu stellen.

Paul Wagner schloss die Tür wieder. »Jetzt mal alle ganz ruhig«, versuchte er den zitternden Domstein ruhigzustellen, die Kleiderschränke zu keiner Eskalation zu bewegen und Stallitzer dazu zu bringen, den Schuh auszuziehen. An Domstein gewandt sagte er: »Haben Sie hier irgendwelche Eisbeutel?«

»Küche«, flüsterte Domstein nur, dem Kleiderschrank zwei immer noch den Arm auf den Rücken drehte.

Wagner kam 30 Sekunden später mit zwei Eisbeuteln in der Hand wieder in den Flur. »Vielleicht sollten wir es uns alle mal in Ihrem Büro gemütlich machen«, sagte er in einem so ruhigen Tonfall, dass selbst ein Eichhörnchen auf Speed stante pede in Tiefschlaf versetzt worden wäre.

Stallitzer hielt die Kühlpads gegen seinen Fußballen. Hätte er den Strumpf jetzt ausgezogen, hätte er sicher bewundern können, wie sich die Haut langsam blau färbte.

Die Kleiderschränke hatten Domstein auf seinem Bürostuhl platziert. Zum Glück gab es in dem Raum zwei Sofas. Und zum Glück saßen die Kleiderschränke dort nicht nebeneinander. Stallitzer war sich nicht sicher, dass die Kanapees das überlebt hätten.

»Was wollen Sie von mir?«

Domsteins Stimme war kaum mehr ein Flüstern.

»Ach, Herr Domstein, wir hätten da einfach ein paar Fragen an Sie. Zunächst.«

Offensichtlich ging Frank Domstein immer noch davon aus, dass ihm irgendjemand die Mafia auf den Hals gehetzt hätte. Seine Hautfarbe glich eher der weißen Raufaser als der hellbraunen Färbung des Teppichs.

»Sie haben vergangenen Montag Rüdiger Semmel auf Diebestour geschickt. Er sollte – und er hat – während der Aufstiegsfeier der Lilien in Darmstadt vor einer Woche kräftig zugelangt. Ganz besonders hat er sein Augenmerk auf die Bauchtasche von Richard Fenske gelegt. Und deren Inhalt. Da stellt sich uns doch die Frage: Warum?«

»Wer soll das sein, dieser Rüdiger Semmel?«

Kleiderschrank zwei neben Stallitzer stand auf.

Gleichzeitig sagte Paul Wagner: »Herr Domstein, können wir uns das nicht alles sparen? Sie möchten, dass wir ganz schnell verschwinden, wir möchten, dass wir ganz schnell verschwinden, und wenn Sie uns keinen gequirlten Blödsinn erzählen, dann können wir diesen Zustand auch schnell erreichen.«

Domstein sah in Richtung Kleiderschrank zwei. Dann sagte er, mit deutlich leiserer Stimme, aber immer noch einem Hauch von Opposition: »Was soll ich mit diesem Semmel zu tun haben?«

Stallitzer seufzte innerlich. Gerade hatte Domstein zugegeben, Semmel zu kennen. »Na, da kennen Sie Herrn Semmel also doch?«

»Was wollen Sie von mir?«

»Antworten. Und den Inhalt der Bauchtasche von Richard Fenske.«

»Wer soll dieser Fenske sein?«

Paul Wagner seufzte lang, laut und ausgiebig. »Frank, Frank, Frank. Ich glaube, du verstehst nicht, wen du hier vor dir hast. Wir wissen alles. Wir wollen es nur noch einmal von dir hören.«

Das war das Stichwort für Kleiderschrank eins. Er stand auf, trat neben die Wand und donnerte seine Faust gegen eines der gerahmten und verglasten Fotos. Das Glas zersprang, das Foto fiel auf den Boden. Aus den Augenwinkeln erkannte Wagner ein Mannschaftsfoto, offensichtlich eines des 1. FC Griegtal. Der Schaden war überschaubar. Ganz objektiv hatte Kleiderschrank eins einen Sachschaden von vielleicht, sehr wohlwollend geschätzt, 25 Euro hervorgerufen. Entscheidend war aber die psychologische Komponente. Frank Domstein dürfte begriffen haben, dass dumme Antworten künftig Schmerzen bereiten würden.

»Ja, ich habe Semmel losgeschickt. Denn ich brauchte – seinen Reisepass.«

»So, so. Den Reisepass. Und eine Woche zuvor den Personalausweis, nicht wahr?«

»Ja. Woher wissen Sie das alles?«

»Ach, Frank, damit müssen Sie Ihre kleinen grauen Zellen wahrlich nicht belasten. Vielmehr stellt sich uns jetzt die Frage, warum Sie Richard Fenske erst den Perso und dann den Reisepass gestohlen haben. Also nicht nur den Reisepass, sondern auch seine silberne Lilie. Und die vier Kondome. Und die Taschentücher. Ich hoffe, ich habe nichts vergessen.«

»Ich kann Ihnen nichts dazu sagen.« Domsteins Stimme zitterte. So, als fürchte er tatsächlich schlimmere Konsequenzen als jene, die Kleiderschrank eins und zwei ihm antun könnten.

»Frank, Frank, Frank. So langsam werde ich ungeduldig.«

»Hören Sie, ich mache Ihnen einen Vorschlag: Ich gebe Ihnen Richard Fenskes Sachen zurück. Den Reisepass. Den Personalausweis. Die Lilie. Die Taschentücher, das Bargeld und, fuck, auch die Kondome.«

›Fuck, auch die vier Kondome‹ – der Fluch ›Fuck‹ in Kombination mit den beiden Gegenständen entbehrte nicht einer gewissen Komik, dachte Stallitzer.

»Und dann verschwinden Sie einfach?« Domstein schien inzwischen den Ernst der Lage begriffen zu haben.

»Was haben Sie mit Katja Verlin und RigStuff zu tun?« Wieder war es Wagner, der nachhakte.

Domstein zuckte zusammen, als ob Kleiderschrank zwei ihm auf den Solarplexus geschlagen hätte. Aber er sagte nichts.

Stallitzer kapierte immer noch nicht, was Fenske und Domstein mit Verlin am Laufen hatten. Es war definitiv irgendetwas Größeres. Aber keiner der drei wollte auch nur eine Silbe darüber sagen. Seltsam. Auf der anderen Seite: Richard Fenske hatte sie engagiert, seinen silbernen Lilien-Anstecker wieder zurückzubringen. Wenn sie jetzt diesen Safe öffneten, dann würden sie diesen Auftrag erledigen können. Ohne größeres Aufheben. Vielleicht war das doch der richtige Weg?

»Ich gebe Ihnen alles zurück. Die ganzen Sachen von Richard Fenske. Ich lege auch noch ein paar 1.000 Euro drauf. Aber dann verschwinden Sie einfach.«

»Ich hätte gern noch ein paar Antworten. Und natürlich die Sachen von Richard Fenske.«

Kleiderschrank zwei trat auf Domstein zu, und seine Faust landete auf dem rechten Jochbein. Wohl dosiert. Denn es galt ja nicht, irgendwelche Knochen zu zertrümmern, sondern nur zu demonstrieren, dass körperliche Gewalt eine Option war. Meist genügte das. »Was haben Sie mit Katja Verlin zu tun?«

Auch wenn Domsteins Jochbein nur eine oberflächliche Rötung aufwies, so war doch klar, wenn er jetzt nicht antwortete, müsste man ihm wohl erheblich mehr Verletzungen zufügen, bevor er reden würde.

Aber das war die Sache nicht wert.

Paul Wagner nickte in Richtung Stallitzer. Der stand auf. »Wo ist der Safe?«

Domstein deutete mit dem Kopf in die Richtung, in der ein weiteres gerahmtes Foto an der Wand hing. Allerdings im Format DIN A2. Konnte einen Safe verdecken.

Stallitzer nahm das Bild vom Haken. Und tatsächlich zeigte sich dahinter ein Safe mit einem Drehrad voller Zahlen.

Domstein starrte in diese Richtung.

Und Stallitzer musste innerlich grinsen. Was nun folgte, hatten sie bereits einstudiert.

Wagner sagte: »17.«

Stallitzer drehte das Rad, sodass die Zahl direkt unter dem Pfeil stand.

»35.«

Stallitzer drehte weiter.

»2.«

Stallitzer drehte zurück. Und aus den Augenwinkeln sah er, wie Domstein den Mund öffnete und nicht mehr schließen konnte.

»0-13-33.«

Stallitzer drehte das Rad in die entsprechenden Richtungen. Und – schwuppdiwupp – öffnete sich die Tür. Es hatte natürlich ein gewisses Restrisiko gegeben. Die Kombination, die Semmel sich gemerkt hatte, hätte nicht stimmen können. Dann wäre der Vorführeffekt perdu gewesen.

Wagner schaute in den Raum hinter der Tresortür. Dann lachte er. Griff hinein, hielt die Lilie in der Hand und zeigte sie den Anwesenden: »Bingo!«

Auch der Personalausweis, der Reisepass, die Packung Taschentücher und die Kondome kamen zum Vorschein.

»Noch etwas«, sagte Paul Wagner in Richtung von Domstein. »500 Euro pro Monat an unseren Zauberer für die nächsten fünf Jahre – ohne Gegenleistung, das wäre ein feiner Zug. Und ich finde, dass die Nachwuchsförderung der Lilien auch 10.000 Euro verdient hätte. Oder sagen wir 15.000. Einfach so, als gemeinnützige Spende. Schönen Tag auch.«

Keine 20 Sekunden nach der letzten Silbe waren alle vier aus Domsteins Büro verschwunden.

Sie rollten in Richtung Frankfurt, als Stallitzers Handy klingelte. Nicht nur leise im Gerät, sondern im 7.1-Surround-Sound der HiFi-Anlage des Dodge.

Stallitzer nahm das Gespräch an. Katja Verlin rief ihn an. Wagner saß auf dem Beifahrersitz, die beiden Kleiderschränke wieder im Fond. »Hallo Katja. Ich fahre gerade mit meinen Kollegen zurück ins Büro.« Das musste er gesagt haben, bevor Katja Verlin zu vertraulich wurde.

»Hallo, Helmut. Ich bin dir noch ein paar Antworten schuldig.«

»Ja«, erwiderte Stallitzer nur.

»Also, über Fenske und Domstein – da spreche ich am Telefon nicht. Nur persönlich. Am besten bei einem Spaziergang. Wo man nicht abgehört werden kann.«

Stallitzer nahm aus dem Augenwinkel wahr, wie Paul Wagner von einem Ohr bis zum anderen grinste. Aber er reagierte nicht darauf. Vielmehr sagte er: »Soll ich zu dir kommen? Soll ich morgen nach Schottland fliegen? Wäre kein Problem, ich krieg da sicher noch ein Ticket.«

»Nein.«

Das war nicht die Antwort, die er erhofft hatte. Denn er wollte sie wiedersehen.

»Du brauchst nicht kommen. Ich stehe vor deiner Tür.«

Noch bevor Stallitzer begriff, was Katja Verlin da gerade gesagt hatte, hörte er schon, wie Wagner und die beiden Kleiderschränke Applaus gaben.

»Prima, bis gleich, wir brauchen noch eine knappe halbe Stunde.«

»Bis gleich«, sagte Katja Verlin und beendete das Gespräch.

Stallitzer fühlte, wie Wagner ihm von der Seite gegen die Schulter knuffte. »Holla!«, rief er.

»Hey, der Boss hat 'ne neue Freundin«, rief auch Kleiderschrank zwei. Keine Ahnung, wie er darauf kam, dass er der Boss sein sollte.

Stallitzer fuhr die beiden Kleiderschränke zum Büro, setzte sie dort ab. Dann fuhren nur noch er und Wagner in Richtung Darmstadt.

»Kannst mich bei Fenske rauslassen«, sagte Paul Wagner.

Stallitzer nickte nur. Und sprach während der ganzen Rückfahrt kein Wort mehr. Und wusste, dass das Wagner auf die Palme trieb. Aber er wollte nicht sprechen. Er wollte erst Katja Verlin treffen.

Richard Fenske saß in seinem Büro, hielt den Lilien-Anstecker in der Hand und – zwei Tränen suchten das Weite. »Wow! Ganz ehrlich? Das hätte ich dir nicht zugetraut! Ich hätte nie gedacht, dass ich diese Nadel noch einmal in meinen Händen halten werde. Du hast sie mir zurückgebracht! Hätte ich echt nie gedacht!«

Sein Freund war gerührt.

»Echt, das ist Lilien-Geschichte. In dem Jahr, in dem das Stadion entstanden ist, ist auch diese Lilie entstanden. Und ich möchte sie Laura geben. Ich glaube wirklich, dass sie mich dann heiraten wird.«

»Hier sind auch noch die anderen Sachen, die im Safe von Domstein waren.«

Wagner legte Perso, Reisepass, Taschentücher, Kondome und auch das Bargeld auf den Tisch.

»Auch den Perso? Den haben diese Kretins mir auch geklaut?«

»Ja. Den haben diese Deppen dir auch abgenommen.«

»Können wir den verklagen, der das gemacht hat?«

Wagner zuckte mit den Schultern. »Ja, können wir. Du kennst den Typen. Rüdiger Semmel.«

»Echt? Die arme Socke?«

»Ja. Die arme Socke. Aber nicht allein. Sondern im Auftrag von Domstein.«

»Domi? Schon wieder? Deswegen die ganzen Fragen? Aber warum wollte der mir meine Ausweise klauen? Ich verstehe gar nichts mehr.«

»Schade. Ich hatte gehofft, du könntest mir das sagen, weshalb Domstein ein Interesse daran hatte, dir die Dokumente zu klauen.«

»Paul, ich habe keine Ahnung. Hast du nicht gesagt, Domstein hätte auch was mit Verlin zu tun? Also RigStuff?«

»Ja. Aber wir haben nicht herausgefunden, worum es eigentlich ging.«

Fenske schwieg.

»Richard?«

»Paul, ich habe da so eine Idee. Aber ich darf nicht darüber reden. Ich habe eine Verschwiegenheitserklärung unterschrieben, und wenn ich gegen die verstoße, dann wird eine richtig fette Konventionalstrafe fällig. Also so eine, die mich in den Ruin treibt. Aber ich ahne, worum es geht.«

»Und? Was willst du tun? Brauchst du noch irgendwelche Unterstützung, vielleicht für die Vorbereitung einer Anklage und eines Prozesses? Du weißt, Wantrupp & Wantrupp – beide Wantrupps sind richtig gut.«

Fenske stand auf, ging um den Tisch herum, legte Paul Wagner die Hand auf die Schulter. »Ich kann dir zumindest ein bisschen was erklären, ohne mich zu weit aus dem Fenster zu lehnen.«

Er ging zurück, setzte sich wieder auf seinen Bürostuhl. »Ich habe diesen Diebstahl des Portemonnaies und Diebstahl meines Personalausweises nie in einem Zusammenhang gesehen. Als ich 16 war, da habe ich sofort meinen Personalausweis beantragt. Mein Vater hat mir gesagt, dass ich das tun müsse, und ich hatte auch zwei Onkel, die ihn und mich darin bestärkt hatten. Sie hatten mir lange Vorträge gehalten, dass ein Mensch sich zu jeder Zeit und an jedem Ort ausweisen können müsse. Das unterscheide die Herde von den Individuen. Ich hab ihnen damals zugehört. Aber in erster Linie fand ich es cool, einen eigenen Ausweis zu haben und mit 16 endlich im Penny-Markt Bier kaufen zu können.

Und dann ist mir in der Schule in irgendeiner Pause mal der Personalausweis gestohlen worden. Du kannst dir nicht vorstellen, was für einen Aufstand ich damals gemacht habe. Ich bin zum Direktor der Schule gegangen und habe darauf bestanden, dass die Schule dafür sorge, herauszufinden, wer mir den Ausweis gestohlen habe. Am nächsten Tag lag mein Perso im Briefkasten der Schule. Ich habe dann noch ein Referat gehalten über den Wert eines Personalausweises im Schulfach Gemeinschaftskunde. Hab eine Eins bekommen.

In dem Kurs war übrigens auch Domstein. Dem ich damals überhaupt keine Bedeutung beigemessen habe.

Dadurch, dass Domstein mir jetzt den Perso geklaut hat, wusste er, dass ich mir treu bleiben würde und, ganz egal, wohin ich ginge, den Reisepass mitnehmen würde. Natürlich. Es gibt auch den Führerschein. Aber das ist kein offizielles Dokument, um die eigene Identität darzulegen. Ich denke, ich bin ihm bei dem Projekt mit RigStuff und Katja Verlin in die Quere gekommen. Ich hätte an dem Mittwoch zu ihr fliegen und einen sehr, sehr wichtigen Vertrag unterzeichnen sollen. Mir zwei Tage zuvor den Reisepass zu stehlen – das war ein genialer Schachzug. Denn in 48 Stunden kriegst du keinen Ersatz-Reisepass. 96 Stunden, das ist realistisch. Insofern verstehe ich, was Domstein da durchgezogen hat. Schlau. Für die Lilien aber eine Katastrophe.«

Fenske schwieg.

Wagner hakte nach: »Für die Lilien eine Katastrophe?«

Fenske war inzwischen rot angelaufen. Er schien sich sehr beherrschen zu müssen, das folgende ›dieses Arschloch!‹ nicht hinauszubrüllen, sondern nur zu nuscheln. »Paul, ich sagte schon, ich darf nicht darüber reden. Und ich werde es auch nicht tun. Ich bin traurig. Und – ja, ich platze gleich vor Wut!« Die Röte in Fenskes Gesicht unterstrich die Aussage. Mit seinem Blutdruck hätte er wohl im Moment jedem 08/15-Messgerät ein ›Tilt‹ aufs Display zaubern können. »Es wäre für die Lilien eine super Chance gewesen. Und Domstein hat sie zunichtegemacht. Ich kann es jetzt noch nicht belegen, aber ich weiß, warum er das gemacht hat. Die kommenden Wochen werden es zeigen.«

Die beiden Männer schwiegen.

Dann sagte Wagner: »Ich bin froh, dass ich dir diese Lilie zurückgeben konnte. Wenn ich auch das Drumherum nicht verstehe.«

Fenske winkte ab. »Schreib mir die Rechnung. Und, bitte, du darfst sie sehr gern sehr großzügig auslegen. Das Einzige, was ich wirklich wollte, war, diese Lilie Laura schenken zu können. Und dieser Wunsch ist mir nun erfüllt worden.«

Als Paul Wagner sich erhob, hatte auch er eine Träne in den Augen.

## NACHSPIELZEIT / … IMMER NOCH MONTAG

»Du hier?«

Katja Verlin hatte auf einer der Bänke gesessen, am Paula-Ludwig-Platz, unmittelbar neben Helmut Stallitzers Haus, direkt vor den zwei Brunnen. Immer noch war es warm, die Sonne strahlte herab. Die Bänke hier waren wohl einer der schönsten Plätze der Stadt zu dieser Zeit.

»Ich hier. Ja.« Stallitzer setzte sich neben sie. Und sie rückte ein klein wenig nach links, um die Zentimeter Luft zwischen ihnen zu eliminieren. Und griff nach seiner Hand.

»Warum bist du hierhergekommen?«, wollte Stallitzer wissen.

Katja Verlin lachte auf. »Ich schulde dir Antworten. Oder, nein, ich möchte dir antworten auf die Fragen, die du mir gestellt hast. Und ich wollte dich wiedersehen.«

Stallitzer sah zu ihr. Und sie war schnell. Drückte ihm einen Kuss auf die Lippen. Nur kurz. Nur knapp. Aber da.

»Wollen wir zu mir gehen? Also, in meine Wohnung?«, fragte Stallitzer.

Verlin neigte den Kopf nach links, nach rechts, nach links, nach rechts. »Lass uns einfach hier auf der Bank sitzen. Ich sagte schon, dass ich nicht möchte, dass noch andere Menschen das hören, was ich gleich erzählen werde. Ach ja, kannst du mir bitte dein Handy zeigen?«

»Mein Handy?«

»Dein Handy. Ich möchte nicht, dass dieses Gespräch aufgezeichnet wird.«

»Katja …!«

»Helmut …!«, gab sie im selben Ton zurück.

Stallitzer zog sein Handy aus der Tasche, zeigte es Katja. Entsperrte es, belegte, dass hier keine Aufnahme-App aktiviert war.

»Gut. Danke.«

Sie machte noch eine Pause, 30 Sekunden lang. Stallitzer störte diese Pause nicht durch den Versuch, das Gespräch wieder aufzunehmen.

»Ich habe dir erzählt, was mir damals passiert ist? Während meines letzten Fußballspiels? Diese Svenja, die mit ihren Stollen von oben auf meinen Fuß gesprungen ist.«

Ja, Stallitzer erinnerte sich. An den Abend. An das Gespräch. »Wenn ich es richtig erinnere, sind sieben Knochen gebrochen worden respektive zersplittert.«

»Ja. Sieben Knochen. Du siehst, wie ich heute laufe. Wie ich heute humple. Manchmal, da habe ich gedacht, dass ich sie umbringe. Was sie mir angetan hat. Und auch jetzt, über 30 Jahre danach, hadere ich immer noch damit, dass es nicht mal eine gelbe Karte gegeben hat. Geschweige denn eine rote. Und ab da habe ich mir Gedanken gemacht. Ich hatte wenige Jahre zuvor angefangen zu spielen, da waren Lederschuhe das Nonplusultra. Aber Lederschuhe sind zu schwer. Und zu unflexibel. Wenn du Fußball spielst, dann musst du mit dem Ball in Kontakt treten. Du musst den Ball spüren – und, so empfinde ich es zumindest, der Ball muss dich spüren. Also dich, deinen Fuß, deine Bewegungen. Verzeih den Vergleich, aber es ist so, als ob du Sex hast mit einem modernen Durex-Kondom oder mit einem Jute-statt-Plastik. Hauchdünn oder Wildleder.

Und so habe ich immer darüber nachgedacht, wie man das verbessern kann. Spielen mit einem Schuh, der so agil ist wie, verzeih noch einmal den Vergleich, ein Kondom, aber so hart oder noch härter als ein Lederschuh.

Ich hab mein Abi gemacht. Und ich hab mein Abi gut gemacht. Wenn man jetzt im Rückblick auf mein Leben schaut, dann sieht es aus, als wäre es ein gerader Weg nach vorn gewesen. Aber so war es nicht. Ich hatte Chemie-Leistungskurs. Nicht, weil ich Chemie so toll fand, sondern weil mein Lehrer so gut war. Da wusste ich, mit ihm komme ich gut durchs Abi. Warum habe ich Materialwirtschaft studiert? Ich dachte, nachdem das beim Abi so gut geklappt hat mit Chemie, könnte ich etwas studieren, bei dem ich dieses Wissen nutzen konnte, aber es eben auch in die Praxis umsetzen. Nach der Promotion habe ich einen Job gekriegt an der Uni.

2005 trat ein Unternehmen an uns heran, das im Militärbereich arbeitete. Es ging darum, wie man schusssichere Westen noch schusssicherer machen könne. Auch wenn die Kugel in der Weste stecken bleibt, du hast im besten Fall Prellungen, wenn's nicht ganz so gut läuft, bricht eine Rippe, und im schlimmsten Fall stirbst du trotzdem, weil die Energie des Projektils sich ungünstig auf deinen Körper verteilt.

Das war das erste Mal seit Jahren, dass ich wieder an mein letztes Fußballspiel gedacht habe. Wie die Stollen dieses Schuhs durch den leichten Stoff der Turnschuhe direkt in meinem Fuß landeten und dort ein Desaster anrichteten. Es war das erste Mal, dass ich den Gedanken hatte, dass man die Technologie von leichten Stoffen, die den Schuh für Fußballerinnen so viel mehr in Richtung Kondom formten als in Richtung Lederbollwerk, vielleicht vereinen könnte. Ein Schuh, der einem tatsächlich die Möglichkeit bot, den Ball zu spüren. Und der gleichzeitig vor stumpfen Verletzungen schützte. Vom Prinzip her nichts anderes als eine schusssichere Weste. Wenn ein Projektil auftraf, ging es nur darum, die Energie so zu verteilen, dass sie nicht tödlich war. Konnte man das nicht auch auf einen Schuh anwenden? Einen Stoff entwickeln, der ganz leicht war, den man kaum über dem Spann spürte, der aber, wenn so etwas wie ein Stollen auf ihn traf, bretthart wurde, sozusagen. Helmut, der Gedanke ließ mich nicht mehr los.«

Was sollte Stallitzer dazu sagen. »Ja, das wäre natürlich toll.«

Katja lächelte ihn an. »Ich weiß, du hast keine Ahnung, wovon ich spreche. Dir sagt der Begriff Kevlar-Weste etwas? Auch Kevlar ist in Anführungszeichen ›nur‹ Gewebe. Es ist die Bezeichnung für schusssichere Westen bei der Polizei. Sie sind optimiert dafür, dass ein spitzes Projektil die Weste trifft. Im Fußball ist das etwas anders. Die Stollen treffen zwar auch mit einer unglaublichen Energie auf den Boden – oder auf den Fuß einer Spielerin. Aber die Stollen sind nicht spitz. Die Energie verteilt sich hier ganz anders. Und das ist genau das, was ich erforschen wollte.«

Stallitzer hörte zu. Und Stallitzer streichelte ihre Hand.

»2006 habe ich meine zweite Doktorarbeit geschrieben, im Bereich Physik. Und ich habe mich ganz genau mit der Energieverteilung verschiedener Projektile auf Schutzwesten befasst. Vor zwölf Jahren kam dann die Uni in Edinburgh auf mich zu. Die hatten eine eigene Forschungsabteilung im Bereich ›Funktionale Materialien‹. Dorthin wollten sie mich berufen. Und dorthin bin ich gegangen. Und habe in den kommenden Jahren über nichts anderes geforscht als Stollen auf Turnschuh. Wir haben einiges erreicht. Und vor vier Jahren habe ich mich selbstständig gemacht. Denn ich hatte einen Stoff entwickelt, der genau diesen Anforderungen entsprach. Selbst wenn jemand mit 90 Kilo und Stollenschuhen direkt von oben auf deinen Schuh springt – dann schützt dich der Stoff, den wir entwickelt haben, vor schweren Verletzungen.«

»Wow! Das könnte den Fußball revolutionieren, oder?« Stallitzer hatte die Frage gestellt, bevor er darüber nachgedacht hatte. War vielleicht eine völlig blödsinnige Frage?

»Ja, es könnte den Fußball revolutionieren. Und deshalb habe ich meine Firma gegründet. Mit wenigen Mitarbeitern. Und ein paar Investoren, die an unsere Idee geglaubt haben. Das Problem bei der ganzen Geschichte: Wir mussten im Verborgenen arbeiten. Wenn jemand unsere Story auf den Schirm bekommen hätte, wäre sie uns gestohlen worden. Weltmeisterschaft, Champions League, Euro-League, nicht zuletzt die Erste und Zweite Bundesliga – sie wären ganz heiß drauf gewesen. Deshalb habe ich völlig abseits der Medien geforscht. Alle Deals mit unseren Investoren, die haben wir in Parks mit ausgehandelt. Damit niemand etwas abhören konnte. Wenn du einer Video-Konferenz beitrittst, dann siehst du immer nur das, was die Kamera zeigt. Ob da noch einer rechts und links des Bildes steht, davon hast du keine Ahnung. Ich hasse diese scheiß Videobesprechungen!«

Minuten der Stille. Zwei Enten badeten im Brunnen.

»Wir haben es geschafft, diesen Stoff zur Marktreife zu entwickeln. Turnschuhe, die die Spieler über dem Spann überhaupt nicht spüren würden. Und Turnschuhe, die einen wirklich gegen massive Tritte, absichtlich oder nicht absichtlich, schützen würden.

Es ging nun darum, solche Schuhe in der Praxis zu testen. Also die Spieler mit unseren Schuhen auf den Rasen zu schicken. Der Plan war, zwei Fußballklubs anzusprechen. Ich kannte Frank Domstein. Er war im Vorstand des 1. FC Griegtal. Also eigentlich mein Verein. Der 1. FFC Griegtal ging 2002 im 1. FC Griegtal auf. Dennoch war das meine sportliche Heimat. Aber die anderen Kollegen in der Firma bestanden darauf, dass wir uns auch einen Club anschauten, der höherklassig spielte. Und so kamen wir auf die Lilien. Die ganz oben in der Zweiten Liga spielten und eine reale Chance hatten, vielleicht sogar in der Ersten Bundesliga zu spielen. Ich nahm Kontakt auf zu Richard Fenske. Wusste, dass er im Verein war. Und mein Kontakt sein konnte. Und wie auch Frank Domstein bot ich beiden an, eventuell bei einer großen Evaluation mitzumachen. Beide, Domstein und Fenske, garantierten mir absolute Verschwiegenheit. Das war das A und O. Nicht auszudenken, wenn etwa Bayern München davon Wind bekommen hätte…

Beide Vereine mussten einen 15-seitigen Fragebogen ausfüllen, zur Größe des Vereins, zu den Strukturen, zu den Finanzen. Ich fand das überflüssig. Ich hätte mich einfach für einen Verein entschieden und es durchgezogen. Aber es waren meine Firmenkollegen, die darauf bestanden, dass wir einen Wettbewerb zwischen mindestens zwei Vereinen ausriefen. Die hatten dann sogar ein paar Seiten zu den Bewertungskriterien aufgestellt, alles digital korrekt, messbar, zählbar und damit scheinbar objektiv.

Beide Vereine hatten ihre Vorzüge. In der Vierten Liga des 1. FC Griegtal wäre die Spielsituation sicher etwas rauer gewesen. Die Vorteile unserer Schuhe wären öfter zutage getreten. In der Zweiten oder Ersten Liga hätte man ein realistischeres Bild über die Spielweise in den oberen Klassen bekommen. Gleichzeitig durfte man keinen Verein wie Bayern München auswählen. Da gab es ja Spieler, die ihre eigenen Verträge mit ihren eigenen Schuhherstellern hatten. Das wäre für uns ein No-Go gewesen. Da waren die Lilien deutlich besser aufgestellt. Zumal ich ja auch nach Darmstadt eine emotionale Bindung hatte. Meine Großeltern wohnten dort. War oft hier«, sagte sie und zeigte mit dem Daumen hinter sich.

»Und, habt ihr die Fragebögen ausgewertet?«

»Ja. Haben wir. Es war ein Kopf-an-Kopf-Rennen. Beide Vereine hatten ihre Vor- und ihre Nachteile. Aber letztlich waren die Lilien besser geeignet als der 1. FC Griegtal. Ich bin dann sogar zur Aufstiegsfeier der Lilien gefahren. Inkognito. Wollte einfach spüren, wie der Spirit des Vereins ist. Und es hat mich ziemlich umgehauen. So ein Familiengefühl, das habe ich selten erlebt. Was mich nur noch darin bestärkt hat, den Praxistest mit den Lilien zu machen. Mittwoch sollte Fenske zu uns kommen, um den Vertrag zu unterschreiben. Dann rief er an und sagte, sein Reisepass sei geklaut worden. Sorry, für mich klang das ziemlich weit hergeholt. Er kam Mittwoch nicht. Und er wusste, dass ich seine Unterschrift hier vor Ort bekommen wollte. Gleichzeitig mit der Verschwiegenheitserklärung. Er hatte schon eine unterschrieben, für alles, was in der Vorbereitung besprochen worden war. Ebenso wie Domstein, der hatte das auch unterschrieben. Und jetzt, jetzt war der Zeitpunkt der Unterschrift unter den finalen Vertrag gekommen. Und Fenske war nicht da.

Aber stattdessen stand Domstein auf der Matte. Bei uns, in Schottland, in unserer Firma, mit einem Stift in der Hand, um den Vertrag zu unterzeichnen. Er sagte, er habe ohnehin geschäftlich in Schottland zu tun, da wollte er einfach noch mal vorbeischauen. Auch wenn es sehr traurig wäre, dass die Vergabe der Prototypen dieser Schuhe nicht an seinen Verein erfolgen sollte.

Ich habe noch hin und her überlegt. Aber wir hatten keinen zeitlichen Puffer mehr. Wir mussten loslegen. Die Schuhe sollten in den richtigen Größen für die Spieler hergestellt werden. Denn es musste ja alles fertig sein vor dem Beginn der neuen Saison. Und Domstein hat unterschrieben. Und mein ehemaliger Verein, er hat den Zuschlag bekommen. War für mich auch okay.«

Sie saßen eine kurze Zeit schweigend nebeneinander. Die Enten im Brunnen genossen die Zeit. Mit Baden. Mit Turteln.

»Katja, ich habe da noch eine Frage. Mein Kollege Paul Wagner hat versucht, mit Fenske über deine Firma zu sprechen. Über das, was ihr gemeinsam vorhabt. Er hat sich die Zähne ausgebissen. Fenske ist sogar manchmal richtig böse geworden. Aber er hat keinen Ton über euer Projekt verraten. Und jetzt sitzt du hier neben mir auf der Bank und erzählst mir ganz freimütig von eurem Projekt. So ganz verstehe ich das nicht.«

»Vor heute früh um neun Uhr hätte ich auch mit dir darüber nicht gesprochen. Also nicht nur nicht mit dir, sondern mit niemandem außer dem engsten Zirkel. Und es spricht für Fenske, dass auch er keinen Ton gesagt hat. Heute früh habe ich jedoch die offizielle Bestätigung des Europäischen Patentamts bekommen: Die Anmeldung des Patents für unsere Schuhe ist positiv beschieden worden. Jetzt kann uns diese Idee niemand mehr klauen, zumindest nicht, ohne drastische Konsequenzen fürchten zu müssen.«

Stallitzer streichelte Katjas Hand. Er wollte gerade zu einer Erwiderung ansetzen, als Katja sagte: »Komm, lass uns zu dir gehen.«

Was immer auch noch gesagt werden musste, es konnte ein paar Stunden warten.

»Der 1. FC Griegtal wird jetzt also mit euren neuen Schuhen spielen?«

Sie saßen auf seinem Bett, Stallitzer streifte über Katja Verlins Arm.

Sie küsste seine Brust. »Ja. In der kommenden Saison. Wenn jetzt mit der Produktion nichts schiefläuft.«

Es fiel ihm schwer, aber Stallitzer schob Katja ein wenig zur Seite und setzte sich im Bett auf.

»Helmut?« Ihre Stimme, fragend. Ein bisschen – verärgert? Enttäuscht?

»Katja, du weißt schon, dass es Domstein war, der dafür gesorgt hat, dass Richard Fenske nicht nach Schottland reisen konnte?«

Auch Katja setzte sich nun auf, sah Stallitzer von der Seite an: »Was meinst du damit?«

»Er hat beschissen. Er hat Fenske erst den Personalausweis und später den Reisepass klauen lassen. Richard Fenske hatte keine Chance, am Tag der Vertragsunterzeichnung zu dir zu kommen.«

»Domstein hat Fenske daran gehindert, den Vertrag zu unterzeichnen?«

»Ja. Domstein hat Fenske daran gehindert, den Vertrag zu unterzeichnen.«

»Scheiße«, sagte Katja. »So habe ich mir das nicht vorgestellt.«

# DIENSTAG

Die BM12 spielten sanft auf. Stallitzer pfiff leise mit, während das Ensemble Concentus Musicus Wien unter Nikolaus Harnoncourt Bachs viertes Brandenburgisches Konzert spielte. Erster Satz.

Stallitzer bereitete Rührei zu, gab ein paar Stückchen frische Paprika dazu und Schnittlauch. Es war der letzte Schritt der Frühstückszubereitung. Den Tisch hatte er bereits gedeckt. Katja hatte sich ein sehr adrettes Sommerkleid angezogen, das großflächig mit roten Hibiskusblüten überzogen war.

Sie nahm vom Rührei, bestrich danach noch eine Brötchenhälfte mit Butter und Marmelade, trank den Kaffee.

»Was ist? Du schweigst«, fragte Stallitzer.

»Ich hätte das nie für möglich gehalten, dass Domstein krumme Geschäfte macht. Nein, er ist wahrlich nicht mein bester Freund. Ich mag seine Art nicht besonders. Aber dass er mit faulen Tricks arbeitet, um mit uns zusammenzuarbeiten, das hätte ich nicht gedacht. Ich meine, wie soll denn die Zusammenarbeit jetzt aussehen? Wenn da jegliches Vertrauen verloren ist.«

Stallitzer hatte auf diese Frage auch keine spontane Antwort. Also erkundigte er sich: »Gibt es denn in eurem Vertrag irgendeine Klausel, durch die ihr den Deal annullieren könnt?«

Katja schien nachzudenken. Dann sagte sie: »Ja, vielleicht. Bei RigStuff arbeitet ja eine Rechtsanwältin. Die hat ihren Job auch super gemacht und den Vertrag mit allen Details wasserdicht ausgearbeitet. Da geht es darum, welche Konsequenzen drohen, wenn jemand gegen die Geheimhaltungsvorschrift verstößt, derzeit noch der wichtigste Paragraph. Aber ich habe einen Passus eingeführt, bei dem meine Juristin nur mit dem Kopf geschüttelt hat. Aber mir war es sehr wichtig, dass er drinsteht.«

»Und was besagt er?«

»Helmut, ich habe heute noch immer Schmerzen im rechten Fuß. Deshalb habe ich in den Vertrag schreiben lassen: ›Wir, die Vertragsunterzeichner, verpflichten uns des Fair Play in allen Bereichen. Keine roten Karten. Und auch keine gelben.‹ Der erste Satz könnte ein Hebel sein.«

»Ich bin kein Jurist. Klingt für mich aber logisch.«

»Habt ihr denn irgendetwas gegen Domstein in der Hand? Also, etwas Handfestes, etwas, das vor Gericht standhält?«

»Katja, unser Auftrag war, diese 100-jährige Anstecklilie wiederzubeschaffen. Das haben wir getan. Das ist uns geglückt. Wir haben mitbekommen, dass da im Hintergrund was ganz anderes läuft, von dem uns aber niemand erzählen wollte. Hätten wir gewusst, dass wir Domstein nicht wegen seiner Anstiftung zum Diebstahl vorführen müssten, sondern wegen handfesten Betrugs – dann wären wir sicher anders vorgegangen.«

Katja schwieg wieder. Ihre Mimik verhärtete sich. »Weißt du, mein ganzes Leben geriet aus den Fugen, als mir mit 17 der Fuß gebrochen wurde. Weil eine junge Frau nicht fair gespielt hat. Und dieses Fair Play, das bestimmte mein Leben. Das kostete mich auch meine, zugegebenermaßen kurze, Ehe. Jetzt habe ich eine Firma, die eine grandiose Idee hat, wenn jemand nicht anständig spielt, dass dann zumindest niemand verletzt wird. In zwei Monaten könnten die Lilien mit meinen RigStuff-Schuhen spielen. Und all das wird jetzt torpediert, weil innerhalb meines Business irgendwer sich nicht an das Fair Play hält. Helmut, es tut mir körperlich weh.«

»Sollen wir vielleicht mit meinem Kollegen Paul Wagner darüber sprechen? Ich sehe eine kleine Chance. Einer der Männer, der in diesen Fall verwickelt ist, er könnte etwas Belastendes gegenüber Domstein in der Hinterhand haben. Möglicherweise können wir ihn bewegen, das herauszurücken – unter der Voraussetzung, dass er wirklich etwas hat. Aber allein beiße ich da auf Granit. Dazu brauche ich Paul.«

Katja griff nach Stallitzers Hand. »Ja. Wenn das bedeutet, dass wir eventuell eine Chance haben, aus diesem Vertrag rauszukommen, dann sprich mit Paul Wagner.«

»Ihr schon wieder?«, grinste Richard Fenske die beiden Detektive an. »Ich habe meine Lilie zurückerhalten. Und wenn ihr die Rechnung stellt, wird das Geld sofort angewiesen.«

Man hatte es sich wieder im Büro von Richard Fenske bequem gemacht.

»Herr Fenske, Sie haben den Deal mit der Firma RigStuff in Schottland verloren. Sie hatten die Zusage, Ihren Verein, die Lilien, mit neuartigen Schuhen ausrüsten zu können, mit denen das Risiko einer Verletzung durch stumpfe Gewalteinwirkung – also Tritte von Gegenspielern – extrem reduziert worden wäre.« Stallitzer hatte diesen Satz gesagt. Und Fenske wunderte sich offensichtlich darüber, dass Wagner und Stallitzer überhaupt davon wussten. Und ganz besonders, dass Stallitzer darüber sprach.

Er sah seinen Freund Paul Wagner an: »Woher wisst ihr das? Das ist doch alles streng geheim? Deswegen habe ich auch nicht darüber gesprochen! Sprechen dürfen!«

»Sie sind ausgebootet worden. Und Sie wissen das. Katja Verlin hat mir heute von dem Projekt erzählt.« Stallitzer sprach ruhig und langsam.

»Was? Sie hat darüber gesprochen? Wir sind alle zu höchstem Stillschweigen verdonnert worden.«

»Ja, aber heute früh kam die Bestätigung des Europäischen Patentamts, dass sie ein Patent auf ihre Erfindung bekommt. Ich nehme an, dass auch eine entsprechende Klausel in Ihren Verträgen steht, mit wem Sie sprechen dürfen, wenn das Patent erteilt worden ist. Wie dem auch immer sei – Sie möchten doch dieses Projekt mit RigStuff nach wie vor durchziehen, oder?«

»Ja, natürlich! Was wäre das für eine Promotion für die Lilien, wenn sie die ersten wären, die diese Superschuhe auf dem Feld eingeführt hätten. Selbst wenn die Bayern irgendwann mit den Schuhen spielen, würde überall stehen: ›Zuerst von den Lilien genutzt.‹«

Nun übernahm Paul Wagner: »Ich sehe eine einzige Möglichkeit, das durchzubringen. Und auch diese Möglichkeit funktioniert vielleicht nicht. Aber ohne dich funktioniert sie auf jeden Fall nicht.«

Fenske ließ seinen Blick zwischen Wagner und Stallitzer hin und her springen. Dann blieb er an Stallitzers Gesicht haften. »Was soll ich tun? Wie kann ich helfen?«

»Vielleicht begleiten Sie uns einfach. Der Schlüssel ist der Mann, der Sie beklaut hat. Rüdiger Semmel.«

»Komm, Richard, Abflug. Wir haben jetzt ein Projekt!«

Irgendwie kam Wagner die Wohnung von Rüdiger Semmel inzwischen vertraut vor. Im Vorbeigehen strich er sogar mit der Hand kurz über das ramponierte Sideboard mit dem kleinen Bücherstapel als Bein-Ersatz.

»Ich habe heute 500 Euro auf meinem Konto gefunden. Hat mir Frank Domstein überwiesen. Haben Sie eine Ahnung, woher das Geld kommt? Also, ich meine, wofür es ist?«

»Nun, Herr Semmel, ich denke, Frank Domstein hat sein gutes Gewissen entdeckt und tief in seinem Inneren erkannt, dass er Ihnen etwas schuldet«, erklärte Paul Wagner.

»Super! Danke. Da stecken sicher Sie dahinter?«

»Ja. Aber es kann durchaus sein, dass wir jetzt auch gleich daran schuld sein werden, dass dieser Geldfluss genauso schnell versiegt, wie er gekommen ist.«

Semmel hatte sich schon fast an die unkonventionellen Besuche seiner neuen Bekannten gewöhnt. Und er wunderte sich auch nicht über den Dritten im Bunde. Den kannte er ja. Den hatte er ja beklaut.

»Das mit dem Code für den Tresor – das hat übrigens wunderbar geklappt.«

»Das habe ich mir schon gedacht.«

»Was haben Sie sich gedacht?«

»Dass Sie unser Gespräch aufgezeichnet haben. Die Zahlenfolge hätten Sie sich nie merken können. Denn ich habe sie völlig unangekündigt vorgetragen. Hätten Sie vorher gewusst, dass ich jetzt etwas sage, was Sie sich merken müssten, dann wäre es Ihnen – vielleicht – gelungen, sich den Code zu merken. Außerdem – das Handy verkehrt herum in die Brusttasche zu stecken ist per se schon verdächtig ...«

Wagner erkannte, dass Stallitzer schon wieder ein bisschen errötete.

Jetzt fragte Semmel: »Und was machst du hier, Richard?« Auch Semmels Kopfhaut färbte sich ein wenig in Richtung Morgenröte.

»Du hast mich beklaut. Mir die Lilie weggenommen. Mein Geld, meinen Pass – okay, die Polizei hat schon angerufen, dass du das Geld dort offenbar abgegeben hast. Scheiß Aktion, Rüdi.«

Semmel blickte zunächst auf den Boden. Dann sah er Fenske in die Augen. »Ich möchte mich bei dir entschuldigen. Es war ein Scheißjob. Sorry. Ich kann dir jetzt eine Litanei herunterbeten, warum ich das machen musste. Ist aber alles keine wirkliche Entschuldigung dafür. Ich bin bereit, dir auch mein Honorar zu geben, das Domi mir bezahlt hat.«

Fenske winkte ab. »War eine scheiß Zeit für dich, in der Schule. Muss ich mich wohl bei dir entschuldigen. Ich meine, ich hab dir nichts getan. Aber ich hab auch die anderen nicht davon abgehalten, dich mies zu behandeln. Und ich hätte die Macht gehabt, genau das zu tun. Sehen wir es so: Was die Lilie angeht, und ich hab sie ja wieder, das ist abgehakt. Schwamm drüber. Aber es gibt wohl etwas, wo ich deine Hilfe brauche.«

»Schieß los.«

Fenske erzählte knapp, dass er den Deal mit RigStuff verloren habe, weil Domstein ihn betrogen habe. »Ohne den Pass konnte ich nicht nach Schottland fliegen. Dadurch konnte ich den Vertrag nicht unterschreiben. Und du errätst nicht, wer an diesem Tag ›rein zufällig‹ in Schottland war? Genau, Domi. Er hat den Vertrag unterschrieben. Der 1. FC Griegtal kann jetzt die Superschuhe von RigStuff testen.«

»Das tut mir jetzt echt leid. Ich weiß, klingt blöd. Ich hatte damals schon so ein mieses Gefühl, als Domi mit dem Auftrag rüberkam. Ich hätte nie gedacht, dass das solche Konsequenzen haben würde. Ich hatte ja keine Ahnung, worum es hier überhaupt geht. Mist!« Er hielt kurz inne, dann flüsterte er: »Verdammt, ich wollte doch nichts machen, was den Lilien schaden würde! Echt nicht!«

»Sie können das wiedergutmachen«, mischte sich Stallitzer ein.

»Wie denn?«

»Es ist ganz einfach, ich bring es mal auf den Punkt: In dem Vertrag, den Domstein unterschrieben hat, gibt es eine Klausel, die besagt, dass sich die Vertragspartner dem Fair Play verpflichten. Wenn einer dagegen verstößt, kann der Vertrag annulliert werden.«

»Schön. Und was wäre jetzt mein Part?«

Wagner schaltete sich ein: »Herr Semmel, man hat Sie, nicht zum ersten Mal, dazu angestiftet, einen Diebstahl zu begehen. Ich werde jetzt nicht aufzählen, was Sie uns alles berichtet haben. Sie haben uns den Ort genannt, an dem sich die Gegenstände von Richard Fenske befunden haben. Leider, so muss man es jetzt sehen, ist der Tresor nun leer, die Gegenstände sind wieder bei Herrn Fenske und Gerechtigkeit scheint hergestellt. Ist sie aber nicht, weil Herr Fenske wegen dieser Tat den Vertrag mit RigStuff verloren hat und die Lilien in dem Deal ebenfalls leer ausgehen. Meine Frage an Sie ist jetzt: Haben Sie irgendeinen weiteren Beweis, der Frank Domstein überführt, Sie zu diesen Taten angestiftet zu haben?«

Semmel war nicht blöd, das wusste Paul Wagner. Und wenn er jetzt irgendeinen Beweis präsentierte, der Domstein zu Fall bringen würde, hieße das automatisch, dass er sich stellen musste, die Taschendiebstähle auf dem Karolinenplatz zugeben musste. Und damit riskierte, eine saftige Geldstrafe oder vielleicht sogar Gefängnis aufgebrummt zu kriegen. Wenn Semmel jetzt einfach ›nein‹ sagte, hätte es keine weiteren Konsequenzen für ihn.

Semmel antwortete zunächst nicht. Er sah immer wieder in die Runde, bis sein Blick schließlich auf Fenske ruhte: »Richard, ich habe zwei Fragen. Die erste: Wenn ich dir jetzt Beweise gegen Domstein an die Hand gebe, dann kann ich das wiedergutmachen? Also, dass quasi ich den Lilien so an den Karren gefahren bin? Dann bekommen die die Superschuhe?«

»Ja. Wenn Domstein raus ist, bin ich drin. Also, die Lilien sind dann drin.«

Wagner sah Semmel an. Komisch, obwohl es jetzt darum ging, dass er sich selbst anzeigte, hatte er diesen Mann noch bei keinem Gespräch so selbstbewusst erlebt. Und er saß auch nicht mehr gebeugt auf dem Sofa, sondern er saß aufrecht.

»Okay. Damit du die Beweise verwerten kannst, werde ich mich wohl selbst anzeigen müssen. Du bist Rechtsanwalt. Würdest du mich vertreten? Dann nehme ich die Strafe, die da kommt, auf mich.«

»Ich praktiziere nicht mehr als Anwalt. Aber ich kenne einen guten Strafrechtsanwalt, ein Freund von mir. Und ja. Der wäre dein Verteidiger. Und ich glaube, vielleicht kommst du da mit einer Geldstrafe raus oder unter Umständen sogar mit Bewährung.

Aber all das ist Zukunftsmusik, da kann ich nichts versprechen. Aber ich kann dir fest zusagen: Mein Freund wird dich vertreten.«

Semmel nickte nun dreimal. Dann sagte er: »Ich habe es immer aufgezeichnet, wenn Domi mit mir gesprochen hat und mir Aufträge gab. Ich nehme an, die letzte Aufnahme, in der er mich beauftragt, ihm den Inhalt deiner Bauchtasche zu geben, nachdem ich ihn dir auf der Aufstiegsparty entwendet habe – und bitte noch 20 weitere Diebstähle zur Tarnung begehen sollte –, diese Aufnahme sollte genügen. Ich würde mich dann wegen dieses Diebstahls selbst anzeigen. Was früher war, das lassen wir raus.«

»Danke!«, sagte Fenske.

Und Wagner hätte nicht gedacht, dass dieses Gespräch a) überhaupt erfolgreich sein würde und b) tatsächlich ein gutes Ende gefunden hatte.

## ABPFIFF / EINE WOCHE SPÄTER

Nein, diesmal nicht der Biergarten. Nun saßen sie wieder einmal im Außenbereich der Lilienschänke. Stallitzer betrachtete die Menschen, die mit ihm an einer großen Tafel Platz genommen hatten.

Hatte was vom Asterix'schen Triumph-Bankett am Ende eines jeden Abenteuers.

Paul Wagner saß da. Neben ihm diese Vera – Bäumler war, so glaubte Stallitzer, ihr Nachname. Beide saßen im Lilien-T-Shirt am Tisch. Stallitzer erinnerte sich. Sie war eine der Studentinnen gewesen, die die Unmengen von Bild- und Videodateien gesichtet hatten. Sie war älter gewesen als der Rest ihrer Kommilitoninnen. Irgendwie hatte Stallitzer nicht mitbekommen, dass sich da etwas angebahnt hatte.

Wagner hatte einen super Job gemacht. Und er, Stallitzer, war froh, dass Wagner ihn ins Team geholt hatte. Es war ihnen gelungen, den Lilien die perfekten Schuhe an die Füße zu geben. Denn Richard Fenske hatte tatsächlich den Zuschlag von RigStuff bekommen. Ab der kommenden Saison würden die Lilien mit den neuen Schuhen des schottischen Unternehmens spielen. Und erst mal auch nur die Lilien. Dann würde sich zeigen, welches Potenzial die Schuhe hatten.

Dann saß da auch Richard Fenske. Zur Linken seine Verlobte Laura, die die mehr als 100 Jahre alte silberne Lilie angesteckt hatte. Rechts von Fenske hatte Rüdiger Semmel Platz genommen. Natürlich war Semmel angeklagt worden. Aber Fenske hatte ihm, Stallitzer, bereits gesagt, dass die Chancen auf eine Bewährung nicht schlecht stünden. Und dann hatte er geflüstert: »Eine Geldstrafe, die übernehme ich.«

Paul Wagner hatte auch Katharina Hochnagel zu diesem Treffen eingeladen. Ohne sie hätten sie weder die Tüte mit dem Diebesgut gefunden noch die Fotos der Lilien-Fans so schnell ausgewertet.

Nachdem sie mit Semmel zur Polizei gegangen waren, war die Selbstanzeige von Böhringer aufgenommen worden. Nun wusste Böhringer natürlich auch, von wem der Briefumschlag mit dem Bargeld, entwendet während der Aufstiegsfeier, eingeworfen worden war. Semmel würde seinen Prozess bekommen, aber Stallitzer ging nicht davon aus, dass die Strafe besonders hart ausfallen würde.

Tja. Dann saß da diese Frau neben ihm. Katja Verlin. War so gar nicht geplant gewesen. Aber jetzt, wo sie das Patent auf ihre Schuhe hatte, würde sie vielleicht nicht mehr ganz so paranoid sein müssen, was Videokonferenzen anging. Gegebenenfalls doch die eine oder andere Woche in Deutschland? Und er, immer mal wieder in Schottland? Er war dankbar dafür, dass die Finanzen für ihn nicht das primäre Problem waren. Vielleicht doch mehr Zeit in Schottland verbringen? Eventuell nicht die schlechteste Option.

Und dann auf dem Fernsehbildschirm die Nachricht: »SV Darmstadt 98 hat einen Vertrag mit dem schottischen Unternehmen RigStuff abgeschlossen. In der kommenden Saison werden alle Spieler mit deren neu entwickelten Fußballschuhen spielen!« Die Schuhe seien extrem leicht und dennoch verletzungssicher wie dicke Lederschuhe. Vereinsmitglied Richard Fenske, der den Deal eingefädelt hatte, sagte: Wir sind stolz darauf, dass das junge Unternehmen RigStuff uns mit den Schuhen der ersten Serie ausstattet. Wir werden sehen, wie es sich in den neuen Schuhen spielt.«

Und plötzlich applaudierten alle am Tisch.

Es war Laura, die sagte: »Mit diesen Schuhen werden wir 2026 die Champions League gewinnen!«

Und wieder klatschten alle am Tisch in die Hände.

Und Laura rief es noch mal, nicht zu den Leuten am Tisch, sondern zu allen, die da in der Lilienschänke saßen.

»Champions League!«, riefen die meisten zurück.

Wagner hob den Arm in Stallitzers Richtung. Und sie klatschten sich ab. Ja, sie waren schon ein gutes Team.

# EPILOG / DIE ZUKUNFT / AUSBLICK, VIELLEICHT 2026

## Live-Reportage vom DZF, Reporterin Mia Münzer

… da rennt Mehlem ganz allein über die rechte Seite. Dribbelt den Ball. Und da ist tatsächlich keiner von den Spaniern, der an ihn herankommt. Nur der Innenverteidiger mit der Nummer neun rennt um sein Leben, um Mehlem zu stoppen.

Und da – nein, das kann er doch nicht machen! –, er springt auf Mehlem zu. Autsch!! Voll von oben auf den Spann. Nix mit Ball spielen! Frechheit!

Mehlem liegt am Boden.

Das Spiel ist unterbrochen.

Der Schiri – ja, er trifft die einzig richtige Entscheidung: Er zieht dic rote Karte. Die Nummer neun muss vom Platz.

Und es gibt Elfmeter!

Mehlem steht wieder. Schüttelt seinen Fuß. Zum Glück! Er kann ihn bewegen!

Dennoch, das Gesicht ist ein wenig schmerzverzerrt.

Was macht der da? Er gestikuliert. Offensichtlich mit dem Trainer. Und, tatsächlich, er wird diesen Elfer selbst schießen!

Der Schiri legt den Ball auf den Punkt.

Der Pfiff ertönt.

Mehlem rennt an und zieht durch – TOOOOR! Genau in die linke untere Ecke. Perfekt! Was ein Wahnsinnstor!

Und das hat er mit dem Fuß geschossen, auf dem gerade das spanische Muskelpaket mit voller Wucht gelandet ist. Es gab ja viel Rumoren um die sagenhaften Schuhe, mit denen inzwischen nicht nur die Lilien aus Darmstadt kicken. Aber offensichtlich erfüllen sie ihren Zweck.

4:3 gegen die Spanier. Was ein Ergebnis!

Und da pfeift der Schiri auch ab, nach der 96. Minute!

Die Lilien haben es geschafft! Zum ersten Mal steht der Verein aus Darmstadt im Halbfinale der Champions League. Wow! Wer hätte gedacht, dass der Darmstädter Traditionsverein einmal so weit nach oben kommen würde!

RigStuff ist inzwischen der Hauptsponsor des Vereins, wie man auf jedem T-Shirt lesen kann. Und offensichtlich haben die ihr Geld gut investiert.

In ihre Superschuhe.

Und in einen super Verein!

Man munkelt, dass nun sogar auch die Bayern inzwischen Interesse an den Schuhen des Unternehmens zeigen.

Wir werden es sehen!

# DANK

Als ich diesen Roman geschrieben habe, da waren die Lilien gerade wieder in die Erste Bundesliga aufgestiegen. Jetzt, wo das Manuskript kurz vor dem Jahreswechsel 23/24 fertig gestellt ist, halten sie sich dort im Moment eher schlecht als recht. Aber das macht nichts.

Unsere Lilien haben immer wieder gezeigt, dass sie aufstehen können, wenn sie gefallen sind. Ich drücke ihnen ganz fest die Daumen, dass sie den Klassenerhalt schaffen. Und wenn nicht? Mein Gott, dann haben wir die Chance, in einem oder in zwei oder in drei Jahren wieder eine geile Aufstiegsparty zu feiern! Allez les Bleus!

Es gibt viele Menschen, bei denen ich mich bedanken möchte, ohne die es dieses Buch nicht gäbe. Da sind zunächst einmal die Lilien. (Fußball-)Heimat für mich und viele andere. Ich würde wohl kaum für einen anderen Verein einen Roman schreiben. Wir haben tolle Spieler. Und auch all die Menschen drum rum, die diesen Verein leben und es möglich machen, dass die Spieler spielen können – ich ziehe meinen Hut.

Jetzt konkret:

Michael Stegmayer hat mich unterstützt, indem er mich in die hohe Schule der Fußballschuhe eingeführt hat. Das hat mir sehr geholfen!

Und da ist dann doch einer von den Lilien, dem ein besonderer Dank gebührt: Alexander Lehné hat mich schon unterstützt, als ich vor sieben Jahren den ersten Lilien-Krimi »Bölle-Hölle« geschrieben habe. Und auch diesmal stand er mir mit Rat und Tat zur Seite, beantwortete alle meine vielen Fragen, erzählte mir wichtige Lilien-Anekdoten, zum Teil sogar auf Hunderunden, und er war immer der richtige Draht zum Verein. Dickes, dickes Danke, Alex!

Jutta Cymanek war die erste Sparringspartnerin in der ganz frühen Phase der Geschichte. Die Weinstube Kilian in Arheilgen ist der perfekte Ort, um sich so eine Story auszudenken. Danke für deine Unterstützung!

Auch mein Freund Matthias von Arnim darf genannt werden. Mit ihm habe ich ebenfalls die ersten Versionen meiner Geschichte durchsprechen können und Hinweise und Prügel erhalten. Perfekt! Danke!

Mein Bruder Matthias ist Chemiker. Mit ihm konnte ich erörtern, welche chemischen Eigenschaften der ideale Fußballschuh haben müsste. Alles, was zutreffend ist, stammt von ihm. Alles, was ich erfunden habe, stammt von mir. Danke, Brüderchen.

Mein Onkel Bernward – ihm gebührt besonderer Dank. Er und seine Familie gewährten mir »Schreibasyl«, als es um die Fertigstellung des Manuskripts ging. Und Bernward half mir, wenn es um Fragen zur klassischen Musik ging oder um Businesspläne von Unternehmen. Es ist toll, so einen Onkel zu haben. Der sein Wissen auch noch teilt. Danke!!!

Ein weiterer Dank geht an Uli Graf. Der Polizist konnte mir zum Beispiel beantworten, ob es am Karolilienplatz Überwachungskameras der Polizei gibt. Aber nicht nur bei dieser Frage hat er mir geholfen. Danke, Uli!

Und Silvia Kominek? Sie hilft mir immer, wenn es darum geht zu erörtern, welche Möglichkeiten die Polizei hat. Und welche eben nicht. Danke dafür!

Und dann geht es um so scheinbar simple Fragen wie zu Tätowierungen. Liebe Alex Tucholke – ohne dich hätte ich da wohl auch Blödsinn geschrieben.

Schließlich ein fettes Dankeschön an meine Literaturagentur copywrite – Euch allen, den besten Rückenfreihaltern, besten Dank! Und natürlich auch an meinen Verlag und insbesondere an meine Lektorin Julia Lübbecke: Merci!

Michael Kibler, Dezember 2023

## DER AUTOR

**Michael Kibler** wurde 1963 in Heilbronn geboren und ist Darmstädter aus Leidenschaft. Er studierte an der Goethe-Universität Frankfurt, im Hauptfach Germanistik mit den Nebenfächern Filmwissenschaft und Psychologie. Nach dem Magister 1991 promovierte er 1998. Schreiben ist Passion seit mehr als der Hälfte seines Lebens, weshalb er seit 1991 als Texter, Schriftsteller und PR-Profi arbeitet. Schwerpunkt des Schriftstellers sind Krimis.